«Ein sehr starkes Buch.» *(WDR 5)*

«O'Nan, einem der vielseitigsten Autoren der Gegenwartsliteratur, ist ein beunruhigender, äußere und innere Spannung gleichermaßen aufbauender, höchst lesenswerter Roman gelungen.» *(SWR 2)*

«Er gehört zu den Großen seiner Zunft, und seine Bücher dokumentieren ... die Brillanz und Konstanz, die seine große Leserschaft auch in Deutschland erklären.» *(Aachener Nachrichten)*

«Man weiß nicht, was man an diesem meisterhaften Roman mehr bewundern soll ...» *(Kölnische Rundschau)*

Stewart O'Nan wurde 1961 in Pittsburgh/Pennsylvania geboren und wuchs in Boston auf. Bevor er Schriftsteller wurde, arbeitete er als Flugzeugingenieur und studierte an der Cornell University Literaturwissenschaft. Für seinen Erstlingsroman «Engel im Schnee» erhielt er 1993 den William-Faulkner-Preis. Er veröffentlichte zahlreiche von der Kritik gefeierte Romane, darunter «Emily, allein» und «Die Chance», und eroberte sich eine große Leserschaft. Stewart O'Nan lebt in Pittsburgh.

Thomas Gunkel, geboren 1956, übersetzt seit 1991 Werke u. a. von Stewart O'Nan, John Cheever, William Trevor und Richard Yates. Er lebt in Schwalmstadt/Nordhessen.

STADT DER GEHEIMNISSE

STEWART O'NAN

ROMAN

Aus dem Englischen von
Thomas Gunkel

ROWOHLT TASCHENBUCH VERLAG

Die Originalausgabe erschien 2016
unter dem Titel «City of Secrets» bei Viking,
Penguin Random House, New York.

Veröffentlicht im Rowohlt Taschenbuch Verlag, Hamburg, Juli 2020
Copyright © 2018 by Rowohlt Verlag GmbH, Reinbek bei Hamburg
«City of Secrets» Copyright © 2016 by Stewart O'Nan
Covergestaltung Anzinger und Rasp, München,
nach der Originalausgabe von Allen & Unwin Book Publishers
Coverabbildung Noa Kastel
Satz aus der Swift
bei Pinkuin Satz und Datentechnik, Berlin
Druck und Bindung CPI books GmbH, Leck, Germany
ISBN 978-3-499-27229-5

Die Rowohlt Verlage haben sich zu einer nachhaltigen Buchproduktion verpflichtet. Gemeinsam mit unseren Partnern und Lieferanten setzen wir uns für eine klimaneutrale Buchproduktion ein, die den Erwerb von Klimazertifikaten zur Kompensation des CO_2-Ausstoßes einschließt.
www.klimaneutralerverlag.de

Wiederum für Trudy

Der Engel des Vergessens ist ein gesegnetes Wesen.
MENACHEM BEGIN

1 Als der Krieg kam, hatte Brand Glück: weil er jung war und, im Gegensatz zu seiner Frau Katja, seinen Eltern und seiner kleinen Schwester Giggi, auch im Gegensatz zu seinen Großeltern, Tanten, Onkeln, Cousins und Cousinen, Motoren reparieren konnte, blieb ihm der Tod erspart. Als Lette und Jude wurde er zuerst von den Russen, dann von den Deutschen, dann wieder von den Russen interniert. Durch Zufall blieb er am Leben. Obwohl er die Versuchung fast täglich (meistens nachts) verspürte, war er doch nicht fatalistisch genug, dieses Geschenk zurückzugeben. Ohne ein Zuhause, in das er zurückkehren, oder Gräber, an denen er das Andenken der Toten hochhalten konnte, heuerte er im Nachkriegswinter auf einem maltesischen Frachter an und landete in Jerusalem, womit er den Lebenstraum seiner Mutter verwirklichte. In ihrem Esszimmer in Riga hatte eine schlechte Lithographie der ummauerten Stadt gehangen, die darauf wie eine Festung aus *Drei Fremdenlegionäre* aussah, ihre Steinmauern golden im numinosen Wüstenlicht. Am Ende des Seder hatte sein Großvater Udelson der Abbildung immer zugeprostet. «Nächstes Jahr in Jerusalem.» Für Brand war es nächstes Jahr, aber ohne die Annehmlichkeit.

Wie so viele Flüchtlinge fuhr er ein Taxi, das, wie auch seine Papiere, vom Untergrund bereitgestellt wurde. Sein neuer Name war Jossi. Er hatte die Aufgabe zuzuhören – auch das ein Glück, denn als ehemaliger Kriegsgefangener hatte er damit jahrelange Erfahrung. Mit seinem blonden Haar und seinem Grundschul-Hebräisch wirkte er vertrauenswürdig. Die britischen Soldaten, die seligen Pilger, die glotzenden Touristen, alle wollten sie reden. Sie sprachen mit ihm, als wäre er begriffsstutzig, beugten sich nah an sein Ohr und formten jede einzelne Silbe.

Wo er herkomme? Was er von den Prozessen halte? Wie es ihm gefalle, in Jerusalem zu leben?

Statt «Es ist besser als in den Lagern» oder «Ich freue mich, am Leben zu sein» oder, ehrlicherweise, «Ich weiß nicht», sagte der Mann, der er zu sein vorgab: «Es gefällt mir gut.»

Die Stadt war ein aus Symbolen zusammengesetztes Puzzle, ein Durcheinander aus Alt und Neu, aus Panzerwagen und Eseln in den Straßen, aus Beduinen und Bankiers. Die prachtvollen griechischen und russischen Prozessionen, die Türken und die Charedim, alle schienen kostümiert zu sein und eine wundersame Vergangenheit nachzustellen. Sogar die Steine waren gebraucht, man hatte sie gereinigt und willkürlich eingefügt, ihre römischen Inschriften auf den Kopf gestellt. Es war Regenzeit, und die Mauern waren grau statt golden, in den Souks wimmelte es von Ratten. Der Ostwind peitschte die Pappeln und Olivenbäume, wirbelte in den Sackgassen Müll auf und ließ die Fenster klappern. Brand hatte im Krieg zu viel Gewicht verloren und fror ständig. Wenn ihm das Kerosin ausging, brachte ihm sein Kontaktmann Asher einen Kanister, den er von den Besatzern gestohlen hatte. Nachts flackerten die Straßenlaternen, und der Strom fiel aus. Von seiner Unterkunft in der Nähe der Bahnhofstraße aus überblickte man den armenischen Friedhof, wo die Huren nach dem Schließen der Bars mit den Soldaten hingingen und ihre Taschenlampen sich zwischen den Grüften entlangschlängelten. Der Regen fiel auf die Kuppeln und Glockentürme und Minarette, füllte die alten Zisternen unter der Altstadt auf, fiel auf den Skopusberg und den Ölberg und die Wüste dahinter, und der Donner grollte über dem Toten Meer. Die Feuchtigkeit erinnerte Brand an den Rübenkeller seiner Großmutter. Als Kind hatte er stets Angst gehabt, die Tür am oberen Ende der holprigen Treppe könnte durch ihr eigenes Gewicht zuschlagen, und der Riegel könnte einrasten und ihn im Dunkeln einsperren. Jetzt stellte er sich vor, wie seine Großmutter sich dort mit schmutzigen Wangen versteckte und von eingekochten Rüben und Meerrettich lebte, aber das konnte natürlich nicht sein. Das Haus, die Stadt, das gesamte Land existierte nicht mehr.

Wenn ihn seine Träume und die Blitze nachts manchmal nicht schlafen ließen, kleidete er sich an, ging zu seinem Taxi hinunter, einem alten Peugeot, den er immer spiegelblank polierte, und fuhr, als wollte er einen Fahrgast abholen, durch den Kontrollposten am Zionstor in die Altstadt, um die Witwe zu besuchen. Sie hieß Eva, aber als Asher sie ihm empfohlen hatte, hatte er sie «die Witwe» genannt, als wäre es ein Deckname, und obwohl Brand selbst Witwer war, bekam er es nicht aus dem Kopf. Sie würde immer einem anderen gehören, ihre tote Liebe privat, unantastbar.

Wie kam es, dass er nach allem immer noch stolz war? Es gab Schlimmeres, als der Zweitbeste zu sein.

Eva, seine neue Julia, seine neue Eva. Aus Wilna, dem Jerusalem des Nordens, mit weltläufiger Verachtung für das rückständige Lettland. Sie war mehr als zehn Jahre älter als Brand, hatte Tränensäcke unter den Augen, und ihr pechschwarzes Haar war von Grau durchzogen. Vor dem Krieg war sie Schauspielerin gewesen, bekannt für ihre Nora und Lady Macbeth. Sie wünschte, sie hätte ihm ihre Zeitungsausschnitte zeigen können. Im richtigen Licht konnte er sehen, dass sie einmal eine Schönheit gewesen war, das dunkle Haar und die himmelblauen Augen, hohe Wangenknochen und üppige Lippen, doch an einem Mundwinkel war eine tiefe Narbe schlecht verheilt, der Nerv durchtrennt, sodass die eine Gesichtshälfte in übertriebener Düsterkeit herabhing wie eine Maske der Tragik. Genau wie Brand hasste sie die Russen und Deutschen gleichermaßen, unumschränkt. In ihrer Zelle galt sie als Lachnummer, als zugrunde gerichtete Frau, nur für eins zu gebrauchen. Wenn sie trank, schimpfte sie auf die Welt und bezeichnete alle Männer als Schweine.

«Du nicht», sagte sie. «Du bist wie ich.»

Wie denn?, hätte er am liebsten gefragt, fürchtete sich jedoch vor der Antwort.

Wenn sie nach dem Beischlaf oder beim Frühstück an ihrem kleinen Tisch weinte, wusste er, dass es wegen ihres Mannes war, dessen Namen sie nicht verraten wollte. Brand hatte kein Geld, und sie hatten eine lockere Vereinbarung getroffen, die er schon bald bereute. Ihm war verboten, das Wort Liebe auszusprechen, beim ersten Anzeichen von Romantik würde sie ihn verbannen. Sie gehörte ihm nicht, war nur eine Kameradin. Sie brachte ihm nach und nach Hebräisch und Englisch bei, berichtigte mit ihrer perfekten Aussprache seine anfängerhaften Versuche, als wollte sie ihn für die Bühne ausbilden. Im Gegenzug kutschierte er sie zu ihren Verabredungen, wartete diskret auf der anderen Straßenseite, wo er rauchte und Zeitung las, und er bemühte sich, nicht an Katja zu denken, auch wenn ihn die Erinnerung an sie in den Lagern und während der langen sternenbeschienenen Wachen auf See aufrechterhalten hatte. Nach Katja hatte alles, was ihm zustieß, keine Bedeutung mehr. Die Welt war nicht die Welt.

An diesem Abend ging es am Zionstor kaum voran, der Verkehr staute sich die Mauer entlang, und der Regen fiel in langen Nadeln durch den roten Abgasdunst. Die Schlange war zum Stehen gebracht worden. Im starken Licht der Scheinwerfer, die von den mit Sandsäcken befestigten Wällen herab leuchteten, gingen Soldaten mit Hunden von Auto zu Auto, öffneten Türen und zerrten Leute heraus. Die Polizei hatte seit Wochen keine Ausgangssperre verhängt. Es musste etwas vorgefallen sein, doch im Radio wurde nichts durchgegeben. Er versuchte den Untergrundsender am anderen Ende der Anzeige hereinzubekommen, hörte aber nur lautes Rauschen.

Weiter vorn filzte ein Soldat mit Maschinenpistole einen graubärtigen Araber in voller Tracht und Kopfbedeckung, während ein Hund im Innern des Wagens herumschnüffelte, eine schwere Beleidigung, falls der Mann Moslem war, weil Hunde als unrein galten. Es war aber durchaus möglich, dass er Christ war; viele von ihnen waren Christen. Da Brand ja aus Europa hierher verpflanzt worden war, konnte er die Leute nicht auseinanderhalten. Es machte ihm eher Sorgen, dass der Hund seine Sitze verschmutzen könnte, und er wünschte, er hätte die Zeitung nicht weggeworfen.

Zum Umdrehen war es zu spät, er machte den Motor aus, um Benzin zu sparen.

Seine Papiere waren gefälscht, wie auch der Fahrzeugschein des Peugeot, der Wagen selbst in Tel Aviv gestohlen, neu lackiert und mit dem doppelbödigen Kofferraum eines Schmugglers ausgestattet. Falls man Brand zum Verhör mitnehmen würde, hätte er keine Rechtfertigung. Man würde ihn als Illegalen und Dieb verhaften, ihn vernehmen, dann einsperren oder abschieben. Doch bislang – wenn er angehalten wurde und all die Kontrollposten tapfer ertrug – hatte die Polizei noch nie etwas auszusetzen gehabt. Während seine Papiere – wie sein gegenwärtiges Leben, könnte er sagen – passable Fälschungen waren, war seine Taxilizenz, eine an der vorderen Stoßstange befestigte Metallplakette, die viel schwerer zu bekommen war als die Papiere, völlig echt. Und dennoch, da er schon mal verhaftet worden war – als er in Riga an seinem Tisch in seinem Lieblingscafé gesessen hatte –, wusste er, dass man als Jude nirgends sicher war.

Der Hund kletterte mit heraushängender Zunge aus dem Wagen des Arabers. Der Soldat mit der Waffe gab dem Mann ein Zeichen, den Kofferraum zu öffnen. Einen Augenblick rechnete Brand damit, dass sich jemand darin befand – ein Attentäter vielleicht –, dass die Person mit einer Pistole herausspringen und in die Dunkelheit rennen würde, nur um von einer Gewehrsalve niedergemäht zu werden. Doch da war nichts, bloß ein Ersatzreifen und ein Pappkarton, aus dem der Soldat ein Knäuel bestickter Halstücher, die bei den Touristen beliebt waren, in den Schlamm kippte. Als er mit dem Lauf darin herumstocherte, wandte der Araber den Kopf und spuckte aus. Bevor er sich wieder umdrehen konnte, trat der Soldat mit dem Hund vor und schlug dem Mann mit einem Gummiknüppel ins Gesicht, woraufhin er zu Boden stürzte.

Der Hund stürmte knurrend mit gefletschten Zähnen heran, und als der Alte im Schmutz zurückkroch, sah er Brand – oder bildete er sich das bloß ein? – einen Moment mit flehendem Blick an, als könnte er ihn retten.

Tut mir leid, dachte Brand und biss sich auf die Lippe, als würde er noch überlegen. Du hättest nicht ausspucken sollen.

Der Tommy zerrte den Hund am Halsband zurück. Ein Trupp Männer kam angerannt, hievte den Alten hoch, schleifte ihn blutend, das Gewand verschmutzt, weg und ließ den Haufen Halstücher und eine einzelne Sandale zurück. Der Soldat mit der Waffe fuhr den Wagen von der Straße und ließ ihn mit offenem Kofferraum stehen.

Brand rollte vor, bis die Halstücher unter seinem Wagen verschwanden, und kurbelte das Fenster herunter. Der Soldat mit dem Hund blieb vor dem Wagen stehen und notierte seine Plakettennummer.

«Papiere.»

Brand reichte sie ihm. Der Hund hechelte, weißen Schaum auf der Zunge. Im silbernen Licht war sein Atem eine Wolke. Im Lager hatte er gesehen, wie ein Wachhund ein Kleinkind wie eine Puppe schüttelte. Er würde Hunden nie wieder trauen.

«Wohin wollen Sie?»

Anders als Brand sprach der Tommy fehlerfreies Hebräisch. Es war stets ein Schock zu denken, dass ein Jude brutal sein konnte, geschweige denn sein Feind.

«Ins jüdische Viertel.»

«Weshalb?»

«Ich hab da einen Fahrgast.»

«Welche Adresse?»

Es gab keinen Grund zu lügen. Er tat es trotzdem. «Beersheba Street 17.»

Der Soldat gab ihm seine Papiere zurück.

«Sie können fahren.»

«Danke», sagte Brand und benutzte dann, als er längst an ihm vorbei und das Fenster geschlossen war, ein neues Wort, das ihm Eva beigebracht hatte: «Wichser.»

Die Straße war von verlassenen Wagen gesäumt, die Türen und Kofferraumklappen offen, Taschen und Kleidung auf dem Boden verstreut wie Müll. Die Araber mussten eine große Sache durchgezogen haben, denn als er das Tor erreichte, lud die Polizei gerade ein Dutzend von ihnen in einen sandfarbenen Bus mit Maschendraht vor den Fenstern. Am Ende der Reihe schlurfte der Alte mit gesenktem Kopf hinter den anderen her.

Innerhalb der Mauern war das armenische Viertel dunkel, die Eisengitter der Cafés an der Street of the Martyrs für die Nacht verriegelt. Das Radio brachte nichts, das war typisch. Die Mandatsregierung posaunte ihre Niederlagen nicht aus, nur die glorreiche Großherzigkeit des Empires. Morgen würde er in der *Post* davon lesen, mit dem obligatorischen Leitartikel, der sowohl die Araber als auch die Briten verurteilte, als hätte sich ihre eigene Lage irgendwie verbessert.

Brand fand den ständigen politischen Aktionismus so ermüdend wie den Regen, und als er in die Street of the Jews bog, konnte er nirgends parken. Während er auf der Suche nach einer Parklücke die Hurva-Synagoge umkreiste, musste er die ganze Zeit an das Gesicht des Alten denken. Was sollte Brand tun? Sein Vater und seine Mutter hatten sich wahrscheinlich genauso beklagt. Doch niemand hatte sie gerettet. An einem verschneiten Tag, während sich Brand um die stockenden Pressen eines requirierten Stanzwerks gekümmert hatte, hatten die Deutschen die Juden von Riga in den Krähenwald marschieren lassen und dort erschossen. Nicht massenweise, sondern einen nach dem anderen, jedes neue Opfer musste sich nackt, mit dem Gesicht nach unten, zwischen die Beine des Vorgängers legen, bevor man ihm hinterm Ohr eine einzige Kugel in den Kopf jagte, wodurch man nicht nur ihren Widerstandsgeist brechen, sondern auch Platz sparen wollte. Er versuchte das Bild von Katja in der Grube zu verscheuchen, indem er das Lenkrad drückte, als wollte er es zerquetschen, bis ihm die Fingerknöchel wehtaten und er den Alten und den Soldaten verfluchte, weil sie die Erinnerung ausgelöst hatten. Es war spät, und er fror. Er wollte bloß noch in Evas warmem Bett liegen und schlafen.

Einen Block weiter endeten die Straßen. Wie fast die gesamte Altstadt war das Viertel abgeschottet, ein Gewirr aus Stein. Vor einem Gebäude, das ein römisches Badehaus sein sollte, fand er eine Parklücke, tauchte in den nächsten Durchgang und schlängelte sich zurück durch das Labyrinth aus gepflasterten Gassen und feuchten Stufen, das im Dunkeln trügerisch war. Das einzige Geräusch war das Rauschen der Fallrohre, deren kostbares Abflusswasser den Rinnstein entlangströmte und durch die Gullyroste in die verborgenen Zisternen stürzte. In manchen Nächten hatte Brand, wenn er das schattige Labyrinth mit den Gewölbegängen, Höfen und Basaren durchquerte, das Gefühl, in die Vergangenheit gereist zu sein. Andere Male, wenn er halb betrunken und ungeheuer dankbar, am Leben zu sein, zu ihr kam und das freudige Geheimnis seiner kurzsichtigen, unmöglichen Liebe hütete, sah er sich in ein exotisches Abenteuer verwickelt. Er wusste, dass beides bloß Trugbilder waren, wusste genau, warum er sie brauchte. Er war kein Held, kein Romeo, nur ein Narr, vom Engel des Vergessens noch unberührt. Als er die lange Arkade des Marktes mit den verschlossenen Buden entlangging und durch das Bogentor hinter Evas Pension trat, bezeugte die Lampe in ihrem Fenster, die signalisierte, dass sie beschäftigt war, seinen wahren Platz in der Welt.

Er würde warten. Es war zu spät, um stolz zu sein. Er hatte es schon öfter getan, bei schlechterem Wetter. In seiner Wohnung wartete nur der letzte Rest einer Flasche Arrak, und er musste am nächsten Tag aufstehen und fahren.

Weiter unten gab es unter der Markise eines Blechschmieds eine trockene Nische. Aus dem Schatten konnte er ihre Tür beobachten. Er steuerte darauf zu, nur um die flackernde Glut einer Zigarette zu entdecken.

«Jossi», raunte eine bekannte Stimme, und das Mondgesicht von Lipschitz tauchte aus der Dunkelheit auf – seine dicke Brille und seine Schweinsbäckchen, der feuchte Schimmer von Zähnen. «Asher hat gesagt, du würdest kommen.»

Brand konnte Lipschitz ganz gut leiden, aber er würde auf keinen Fall Schlange stehen. «Ich komm ein andermal wieder.»

«Wir haben versucht, deine Vermieterin anzurufen.»
«Ist schon okay.»
Lipschitz schüttelte den Kopf. «Es geht nicht darum. Wir

brauchen deinen Wagen.» Er deutete mit seiner Zigarette auf die Tür. «Das Passwort lautet ‹Hiskia›.»

Worum es auch gehen mochte, dachte Brand, nach allem, was am Kontrollposten passiert war, konnte es nichts Gutes sein. Und es war schlampig, schlecht geplant. Lipschitz, der so gut wie nichts sehen konnte, war ihre Wache.

Als Brand klopfte, war es nicht Ashers Stimme, die nach dem Passwort fragte, sondern die eines Franzosen. Der Mann, der die Tür öffnete, war stämmig wie ein Holzfäller, hatte buschige rote Brauen und einen rostfarbenen Bart und hielt eine kleine Pistole in der Hand, die er wieder in die Manteltasche steckte. Das war ein schwerer Verstoß gegen das Protokoll. Um die Bewegung zu schützen, kannte man nur die Mitglieder seiner eigenen Zelle. Keiner von beiden verlor darüber ein Wort, während der Franzose ihn die Treppe hinaufführte.

«Dein Taxi ist da», verkündete der Mann und schloss hinter Brand die Tür.

«Jossi», rief Asher aus dem Schlafzimmer. «Komm her.»

Der Lampenschirm und die Decke lagen auf dem Boden. Im grellen Licht der nackten Glühbirne hielten Eva und Asher auf dem Bett, das er mit ihr hatte teilen wollen, einen Mann mit nacktem Oberkörper fest, der dunkelhäutig wie ein Araber war. Die weißen Laken waren voller Blut – das ganze Zimmer stank danach. Der Mann stöhnte mit geschlossenen Augen und rollte den Kopf auf dem Kissen hin und her.

«Hier rüber», sagte Asher und deutete mit dem Kinn. Silberhaarig und gut in Form, erinnerte er Brand an seinen letzten Schiffskapitän, der Portwein und Schach geliebt hatte. Seine Hände waren damit beschäftigt, ein blutverschmiertes Handtuch auf den Bauch das Mannes zu drücken. «Halt das mal.»

Asher stand auf und krümmte sich, damit Brand unter ihm hindurchtauchen und seinen Platz einnehmen konnte. Das Handtuch war feucht und erstaunlich warm. Als Brand es auf die Wunde drückte, ächzte der Mann, verkrampfte sich und strampelte mit den Beinen.

«Du musst es fest draufdrücken», sagte Eva. Sie hielt ein weiteres Handtuch an die Schulter des Mannes, während Asher zur Kommode ging und einen Mullverband aufriss. Er zog weißes Klebeband von einer Rolle und schnitt es mit einer Schere ab.

Trotz seiner dunklen Haut trug der Mann eine Kette mit einem goldenen Davidstern und hatte einen aufgerichteten Löwen auf den Bizeps tätowiert. Über seinem rechten Auge verzweigte sich eine wulstige Narbe, die wie der Buchstabe Jod geformt war. Wahrscheinlich ein Sabra, hier geboren. Die waren angeblich am grimmigsten, denn sie kämpften um ihre Heimat, nicht für das Hirngespinst irgendeines bourgeoisen Aschkenasen.

«Wer ist das?», fragte Brand.

Keiner von beiden sagte ein Wort, und er erkannte seinen Fehler.

Asher beugte sich über ihn, an seinem Arm hingen geringelte Klebebandwürmer. Er schob Brands Hand zur Seite, um sich die Wunde anzusehen, in der klaffenden Haut prangte ein dunkler Blutfleck. Das Loch kann nur von einem Schuss stammen, dachte Brand, offenbar ein großes Kaliber. Asher drückte Verbandsmull hinein, woraufhin sich der Mann krümmte, deckte das Ganze mit einer weiteren Kompresse ab und klebte sie fest. «Heute Nacht ist er dein Bruder.»

«Tut mir leid.»

«Ist schon in Ordnung. Denk einfach nach.»

Asher tippte sich an die Schläfe.

«Wirf das Handtuch in den Waschbottich», sagte Eva. «Und lass Wasser darüberlaufen.»

Die Schulter sah nicht so schlimm aus, denn es war ein sauberer Durchschuss, der den Knochen verfehlt hatte. Asher und Eva beugten sich darüber, arbeiteten wie Arzt und Krankenschwester, und Brand fragte sich, wie viel praktische Erfahrung sie hatten und wie der Mann hier gelandet war.

Brand war erleichtert, da er dachte, sie seien fertig.

«Steh nicht bloß da», sagte Eva. «Hilf uns, ihn rumzurollen.»

Dabei sah Brand die Austrittswunde.

Der Verbandsmull reichte nicht aus. Asher versorgte die Wunde so gut wie möglich mit einem Geschirrtuch, das er mit langen Klebebandstreifen befestigte. Der Mann hatte das Bewusstsein verloren. Sie setzten ihn auf, um ihm Ashers Unterhemd über den Kopf zu ziehen. Das Blut sickerte bereits durch.

«Gib mir deinen Pullover», sagte Asher.

Brand konnte nicht protestieren, zögerte aber.

«Ich besorg dir einen anderen», sagte Asher und steckte die Arme des Mannes in die Ärmel. Er war ihm viel zu groß. «Stellt ihn auf.»

«Wohin fahren wir mit ihm?»

«Du bringst ihn ins belgische Hospiz. Da erwartet dich ein Arzt.»

«Mein Wagen steht hinter der Synagoge.»

«Du musst ihn holen.»

Eva wollte seinen Platz einnehmen, doch Asher sagte, sie solle Brand begleiten, und rief den Franzosen herauf. Brand würde den Wagen herholen, und sie würde hereinkommen und dem Franzosen sagen, dass er bereitstand.

Draußen umschloss sie die Dunkelheit, eine Erleichterung. Lipschitz hielt blinzelnd in seiner Nische Wache. Sie gingen an ihm vorbei, als wäre er unsichtbar.

Brand gefiel die Sache nicht. Es machte ihn nervös, da er bloß ein Kurier war. Ohne seinen Pullover fror er, und seine Finger waren klebrig vom Blut. Er wünschte, er wäre im Bett geblieben, und gab dem Regen die Schuld.

Auf dem Markt zog Eva seinen Arm um sich, und sie gingen wie Verliebte, eine leicht durchschaubare Tarnung. «Ich hab versucht anzurufen.»

«Hat Lipschitz gesagt.»

«Sei nicht wütend.»

«Warum sollte ich wütend sein?»

«Du hast deine Sache gut gemacht», sagte sie.

«Wirklich?»

«Du hattest keine Angst. Du hast geholfen.»

«Kommt so was oft vor?»

«Es ist nicht das erste Mal, falls du das meinst.»

Er war still, und sie reckte sich und küsste ihn als Entschuldigung auf die Wange. «So oft kommt es nicht vor.»

«Hoffentlich nicht.»

«Aber wenn es passiert, müssen wir bereit sein.»

Er begriff, auch wenn er bei dem Wort «wir» zusammenzuckte. Wie von jedem in der Zelle wurde von ihr erwartet, dass sie ihre Wohnung ohne vorherige Ankündigung in einen geheimen Unterschlupf verwandelte. Er würde dasselbe tun, und dennoch, wenn er daran dachte, wie sie und

Asher zusammengearbeitet hatten, während er selbst mit dem Handtuch wie ein Idiot dastand, war er eifersüchtig. Er war nicht mutig gewesen, er hatte Angst gehabt, so wie er bei dem Alten am Kontrollposten ein Feigling gewesen war. In den Lagern hatte er gelernt, tatenlos zuzusehen. Das hatte ihm das Leben gerettet und ihn unnütz gemacht. Wenn er hergekommen war, um sich zu ändern, musste er besser werden.

Weiter vorn liefen die Gassen an einem Brunnen zusammen.

«Wo hinter der Synagoge?», fragte Eva.

«Bei den Bädern.»

Sie kannte einen schnelleren Weg und ging mit ihm über den Blumenmarkt, die Steine übersät mit Stängeln und welken Blüten. Ein Gartentor führte zu einem Park mit rauschenden Zypressen, deren reger Schatten sie verbarg. An seinem Eingang bogen sie rechts unter einem Bogen hindurch, wandten sich dann nach links, in einen von Mülltonnen gesäumten Durchgang, und kamen neben den Bädern heraus. Er rechnete mit einem patrouillierenden Panzerwagen, dessen Suchscheinwerfer über die Ladenfassaden glitt, doch die Straße war leer.

Als er den Schlüssel ins Schloss steckte, erklang jenseits der Stadtmauer das Glockenspiel des YMCA und schlug zwei. Er hätte nicht gedacht, dass es schon so spät war.

Eva setzte sich wie ein Fahrgast nach hinten. Es war niemand zu sehen, bis sie in ihre Straße bogen, wo zwei Scheinwerfer, die aus der entgegengesetzten Richtung kamen, herausfordernd leuchteten. Für einen Panzerwagen saßen die Lichter zu niedrig, vielleicht handelte es sich um einen Kampfjeep, der noch von El Alamein übriggeblieben war.

Doch es war bloß ein anderes Taxi, das durchzukommen versuchte. Brand stieß zurück und ließ es vorbei, hielt dann an der Einmündung ihrer Gasse.

Eva beugte sich vor, als würde sie bezahlen, und küsste sein Ohr. «Sei vorsichtig.»

«Du auch.»

Als er allein war, schaltete er das Radio ein. Nichts als Rauschen und, ganz leise, amerikanische Tanzmusik aus Kairo – Rasseln und eine schlängelige Klarinette. *That old black magic has me in its spell, that old black magic that you weave so well.* Manchmal schoben sie in ihrem Wohnzimmer den Tisch beiseite und tanzten zum Grammophon, und er dachte wieder, dass er im warmen Bett liegen und schlafen sollte, dass all das nur ein böser Traum war. Er blickte in den Rückspiegel, als könnte sich jemand anschleichen. Wenn er das Licht ausschaltete, würde er bloß noch mehr auffallen, deshalb saß er mit eingeschalteten Scheibenwischern da und vergeudete Benzin. Er beobachtete, wie der Regen die Pfützen kräuselte. Zwischen der Straße und ihrer Tür kannte er jede Stufe, jeden Pflasterstein, er konnte den Weg mit verbundenen Augen finden. Inzwischen hätten sie da sein müssen. Vielleicht war der Mann gestorben. Dann müssten sie immer noch die Leiche beseitigen. Aber das konnten sie dort erledigen, dafür brauchten sie seinen Wagen nicht.

Ein neuer Song begann, ein klimperndes Klavier und ein angeheitertes Saxophon. *If you were mine, I could be a ruler of kings. And if you were mine, I could do such wonderful things.*

In der Gasse glitten Schatten über die Mauern. Aus der Dunkelheit tauchte eine Gestalt auf – Eva, hünenhaft hinter ihr Asher und der Franzose, der Mann wie ein Betrunkener in Brands Pullover zwischen ihnen zusammengesackt. Aus

Gewohnheit sprang Brand aus dem Wagen und lief auf die andere Seite, um ihnen die Tür aufzuhalten.

«Steig wieder ein», befahl Asher und deutete auf den Fahrersitz.

In der Eile, den Mann in den Wagen zu schieben, stieß er mit dem Kopf an den Rahmen. Er war eine schwere Last, und sie versuchten, ihn in der anderen Ecke aufrecht hinzusetzen, doch er kippte mit dem Gesicht voran gegen Brand.

«Legt ihn quer über den Sitz», sagte Asher, und dann zu Brand: «Fahr zum Hintereingang. Sie warten auf dich.»

«Wie lautet das Losungswort?»

«Es gibt kein Losungswort. Sie erwarten dich. Fahr.»

Um diese Uhrzeit dauerte die Fahrt zum belgischen Hospiz, das im christlichen Viertel hinter dem Muristan versteckt lag, nur drei Minuten. Er brauchte keinem Kontrollposten auszuweichen. Brand musste bloß das armenische Viertel durchqueren. Er schaltete das Radio aus, als wäre der Mann irgendein Fahrgast, und konzentrierte sich auf die Straße.

Vorn, hinter der beschatteten Kolonnade der St.-Jakobus-Kathedrale, zeichneten sich der Davidsturm und der imposante Block der Zitadelle ab, von hinten beleuchtet durch die Scheinwerfer am Jaffator. Normalerweise war er ein vorsichtiger Fahrer. Aber jetzt lenkte er den Peugeot durch die nassen Straßen, als wäre er mit Sprengstoff gefüllt, drosselte bei jeder Gasse das Tempo und fuhr jede Kurve in großem Bogen.

In der David Street stand kein weiß behandschuhter Polizist auf dem kleinen Podest, war kein wüstenfarbener Jeep mit Suchscheinwerfer und hinten aufmontiertem Maschinengewehr zu sehen. Brand bog ab und glitt am dunklen Fischmarkt vorbei. Hinter dem breiten Platz des Muristan erhob sich wie ein großer schwarzer Finger der Glockenturm der Grabeskirche. Seltsam, dachte Brand. Morgen würde er ein Dutzend Fahrgäste dort hinfahren und keinen von ihnen im Gedächtnis behalten.

Hinter ihm stöhnte der Sabra, und Brand blickte in den Spiegel. Der Mann lag so auf dem Rücksitz ausgestreckt, dass Brand sein Gesicht nicht sehen konnte. Er ächzte wieder, als ob er zu sprechen versuchte.

«Wir sind gleich da», sagte Brand und fuhr schneller.

Die Rückseite des Hospizes war dunkel. Als er hielt, schwangen die Türen auf. Statt des Arztes, den Asher versprochen hatte, kamen zwei Männer mit Halstüchern vor den Gesichtern, als wären sie Eisenbahnräuber, die Stufen hinuntergerannt.

Brand stieg nicht aus. Wortlos zogen die Männer seinen Fahrgast aus dem Wagen und schlossen die Tür, und Brand fuhr davon, wieder frei.

Als er auf dem Rückweg an der David Street das Tempo drosselte, kreuzte vor ihm ein Panzerwagen die Straße, der ins armenische Viertel unterwegs war.

«Baruch Hashem», sagte Brand, blinkte und fuhr in die andere Richtung.

Asher hatte ihm keine Anweisungen gegeben, was er tun sollte, nachdem er den Mann abgeliefert hatte, aber Brand hatte für diese Nacht genug. Er mied den Kontrollposten, indem er durchs Jaffator fuhr, und als er, in Sicherheit auf der anderen Seite der Mauer, am Zionstor vorbeiglitt, sah er, dass der Verkehr sich immer noch staute.

Als er zu Hause aus dem Wagen stieg, sprang die Deckenbeleuchtung an. Über den Rücksitz zog sich eine nasse Blutspur. Er konnte von Glück sagen, dass man ihn nicht angehalten hatte. Er schloss die Tür, holte einen Topf Wasser und schrubbte eine halbe Stunde lang mit zwei seiner besten Lappen die Polster, wobei er sich sagte, dass das bloß ein kümmerliches Opfer war. Eigentlich war es ein Wunder, wie viel Blut man verlieren konnte, ohne zu sterben. Er kniete sich hin, grub die Finger in die Nähte, und das Blut setzte sich unter seinen Nägeln fest, doch ein Teil war durchgesickert und von der Polsterung aufgesaugt worden. Obwohl keiner seiner Fahrgäste sich beklagte, konnte Brand es bei Regen noch wochenlang riechen.

2 Der Mann gehörte zur Irgun. Über Nacht tauchten ihre Handzettel auf, überall in der Stadt an Mauern und Laternenpfähle geklebt, auf denen sie sich zu einem Überfall aufs Polizeihauptrevier bekannten und in dem anmaßenden, schulmeisterlichen Stil marxistischer Propaganda zu offener Revolte aufriefen. Sie waren Terroristen und verübten Gewalttaten direkt gegen das britische Militär, eine Vorgehensweise, die die Hagana, zu der Brand und seine Zelle gehörten, vehement ablehnte, da es die Weltöffentlichkeit gegen ihre Sache aufbrachte. Wenn man britische Soldaten tötete, änderte Großbritannien nicht seine Einwanderungspolitik, und das härtere Durchgreifen nach den Überfällen der Irgun erschwerte es der Hagana, eigene Operationen durchzuführen. Erst vor ein paar Monaten hatten sie durch eine Zusammenarbeit mit der Polizei versucht, die Irgun und die noch kompromisslosere Stern-Bande auszulöschen. Und jetzt gab Asher diesem Mann Brands Pullover?

«Die Zeiten ändern sich», sagte Eva. «Wir wollen alle dasselbe.»

«Die wollen bloß unsere Waffen», sagte Lipschitz.

Asher betrachtete gemeinsame Operationen als Möglichkeit, Kontrolle über die Irgun zu erlangen. Kein eigenmächtiges Handeln mehr. Jede größere Aktion musste vorab genehmigt werden.

«Einen Wolf kann man nicht an der Leine führen», sagte Fein.

«Du willst ihm lieber freien Lauf lassen?», fragte Yellin.

Brand stimmte allen zu. Es war sowieso zu spät.

Auf den Waffenstillstand folgte eine Ruhepause, als könnten sich die verschiedenen Lager, nachdem sie sich verbündet hatten, nicht darauf einigen, was sie als Nächstes tun sollten. Es war Urlaubszeit, und Brand war damit beschäftigt, Touristen nach Bethlehem zu kutschieren. Seine Kollegen Pincus und Scheib weihten ihn in eine kleine Mauschelei ein. Ein paar von ihnen legten zusammen, um von einem rumänischen Großhändler Filme zu kaufen, und verkauften die Rollen mit einem Aufschlag an ihre Fahrgäste. Brand, der unter den Taxifahrern als humorloser Grünschnabel galt, tat empört, steuerte aber seinen Anteil bei.

«Eigentlich sollte es mir ein schlechtes Gewissen machen», sagte Pincus, «einen naiven Jungen so zu verderben.»

«*Was?*», sagte Scheib. «Er ist doch erwachsen.»

Selbstgefällig, wie jemand mit einem düsteren Geheimnis, spielte Brand mit und ließ sie sich über ihn lustig machen. Insgeheim dachte er, sie dürften es nicht ernst meinen. Dass jemand, der die Lager überlebt hatte, naiv sein könnte, musste ein Scherz sein.

Und dennoch hatte Pincus recht. Obwohl Brand wie alle anderen auf dem Schwarzmarkt Geschäfte machte, hatte er nie dazugehört. Angesichts des Preises hätte es ihn nicht überraschen dürfen, dass die Filme schon abgelaufen waren. Er war ein schlechter Lügner und ein schauderhafter Geschäftemacher, sich stets bewusst, dass er seine Fahrgäste übervorteilte. Es waren bloß Filme, weder Munition noch Penicillin, aber wenn sie mit ihm feilschten, gab er, aus Schuldgefühlen oder dem Bedürfnis, gemocht zu werden, jedes Mal nach. Nur die Amerikaner zahlten den vollen Preis, eine Gepflogenheit, für die er dankbar war, und schon bald verkaufte er nur noch an sie.

«Würden Sie bitte ein Bild von uns machen?», fragten sie und stellten sich neben Abschaloms Grab oder das Damaskustor.

«Bitte lächeln», sagte Brand.

Endlich hatte er ein bisschen Geld. Als Erstes kaufte er sich einen neuen Pullover, den dicksten, den er finden konnte, marineblau mit Zopfmuster, zum Skifahren gedacht und mit Schneeflocken verziert. Und danach ein Radio, damit er zu Musik einschlafen konnte.

Für Eva wollte er Rosen und Schmuck und Parfüm kaufen. Ihre Kunden machten ihr Geschenke – meistens Nylonstrümpfe oder Schweizer Schokolade –, warum dann er nicht? Am Ende würden sie sich streiten, das wusste er, aber erstmals seit dem Krieg wieder zuversichtlich, konnte er der großen Geste nicht widerstehen. Nach mehreren Besuchen im Schmiedebasar, wo er zaudernd vor den auf Seidentüchern ausgelegten gehämmerten Silberarmbändern und Ringen gestanden hatte, entschied er sich für einen Bernsteinanhänger, den der jemenitische Händler als Glücksbringer bezeichnete.

«Ist für jemand ganz Besonderes?», fragte der Händler.

«Ja», gestand Brand.

«Dann hat sie bereits Glück.»

Da es erwartet wurde, handelte Brand den Mann zaghaft, auf seine eigene unbeholfene Weise, um ein paar Shilling herunter.

«Gesegnet sei Ihr Haus», sagte der Händler.

«Genau wie Ihres», sagte Brand und verbeugte sich, wie es der Händler getan hatte.

Er plante den Abend wie eine Aktion und glich die Wettervorhersage mit dem Kalender ab. Er würde sie damit überraschen, wenn Vollmond war. Um sie weich zu machen, kaufte er Champagner, das einzige Geschenk, das sie nicht ablehnen konnte, und die neue Benny-Goodman-Platte. Sie würden tanzen, und wenn sie danach lachend und halb betrunken auf dem Sofa lägen, würde er wie durch Zauberei den Anhänger hervorholen und ihn ihr wie eine Liebeserklärung darbieten. Sie würde ihr Haar hinten anheben, damit er den Verschluss zumachen konnte, und er würde sie in den Nacken küssen. Tagelang malte er sich jedes Mal, wenn er die Touristen zum Betrachten des Sonnenuntergangs auf den Ölberg fuhr, den Augenblick aus, in dem sie sich umdrehen und ihm das schiefe Lächeln zuwerfen würde, das er inzwischen liebte.

Manchmal sah er auch vor sich, wie sie den Anhänger nach ihm warf und ihm unter Tränen die Fäuste an die Brust schlug. Ob sie ihm das nicht ausdrücklich untersagt habe? Ob er denn gar nichts begreife?

Deshalb war er verwirrt, nachdem die erste Hälfte seines Plans perfekt funktioniert hatte und sie, statt dankbar oder theatralisch zu sein, den Anhänger grimmig entgegennahm, sich bedankte und ihn beiseitelegte.

«Was ist los?», fragte er. «Gefällt er dir nicht?»

«Du solltest dein Geld nicht für mich verschwenden.»

«Ich hab sonst niemanden, für den ich's verschwenden könnte.»

«Das ist ja das Problem.»

«Warum?»

«Sei nicht dumm», sagte sie. «Du weißt, warum.»

«Nein, weiß ich nicht.»

«Willst du mir die Wohnung bezahlen?»

Dass sie ihn so direkt mit der Frage konfrontierte, war unfair. Er wagte ihr nicht vorzuschlagen, bei ihr einzuziehen, und wusste deshalb keine Antwort.

«Hab dich nicht so», sagte sie und äffte seinen schmollenden Gesichtsausdruck nach. «Können wir nicht einfach Spaß haben?»

Am liebsten hätte er den Anhänger genommen und wäre gegangen, aber wo sollte er hin? Er willigte ein und trank seinen Champagner aus.

«Komm», sagte sie und nahm seine Hand, «lass uns tanzen.»

Sie versuchte den Rest des Abends, ihn aufzuheitern, ließ sich von ihm die Kette mit dem Anhänger umlegen und trug sie dann im Bett, und obwohl Brand mitspielte, war das für ihn kein Trost. Im Kerzenlicht verhöhnte ihn ihr geflüstertes Drängen. Es war ganz falsch, und noch lange, nachdem sie eingeschlafen war, lag er neben ihr und betrachtete ihr weiches Gesicht und die grässliche Narbe. Er würde die Frau, die sie einmal gewesen war, die Braut und die lebhafte junge Ehefrau, niemals kennen. Seit wann war er so rührselig? Sie war eine Beleidigung für das Andenken an Katja. Er war bloß einsam, gestrandet in einer fremden Stadt. Das war keine Entschuldigung, und er beschloss, sich nie wieder etwas vorzumachen.

Als er endlich schlief, träumte er von dem Blutenden, nicht in ihrem Bett, sondern auf seinem Rücksitz, der Mann griff auf der Fahrt durch die Altstadt nach ihm, wollte ihn vor etwas warnen, doch als er sich vorbeugte und zu sprechen versuchte, strömte statt Worten heißes Blut aus seinem Mund, das Brands Hemd durchnässte und ihn aus dem Schlaf hochfahren ließ. Er war nackt und schweißgebadet. Eva lag neben ihm und schlief.

Er hätte gern gewusst, ob der Mann gestorben war. Asher hatte nichts gesagt, und es gab niemanden, den er fragen konnte.

Als er am Morgen ging, bedankte sie sich für den Anhänger, als wollte sie sich für letzte Nacht entschuldigen. Von da an trug sie ihn – zu meiner Beschwichtigung, dachte er – und nahm ihn nur bei Verabredungen ab, womit sie ihn weiter verwirrte. Wenn er sah, wie sie den Anhänger aus der Handtasche kramte und die Kette auf dem Rücksitz anlegte, während sie die Einfahrt des Semiramis, des Mediterranean oder des King David Hotel hinabrollten, stellte er sie sich, statt beruhigt zu sein, nackt in einem der hellen, gut gesaugten Zimmer vor, packte das Lenkrad und hielt den Blick fest auf die Straße gerichtet.

Wenigstens hatte er Geld. Er trank den Arrak aus und kaufte sich eine Flasche Johnnie Walker. Wenn er nicht schlafen konnte, griff er jetzt nach einem Glas statt nach seinen Schlüsseln. Wegen der zusätzlichen Patrouillen war es sicherer, zu Hause zu bleiben. In Kairo spielten die Bands die ganze Nacht, die Radioskala ein warmes Orange in der Dunkelheit. *Kiss me once, and kiss me twice, and kiss me once again.* Krank vor Stolz stand er an seinem kalten Fenster, blickte über den steinigen Friedhof und die schwarze Masse der Dormitio-Kirche hinweg, die das Zionstor verdeckte, und fragte sich, ob sie wohl allein war. Sie war noch nie in seinem Zimmer gewesen. In den frühen Morgenstunden klingelte unten im Flur immer wieder das Telefon. In der Hoffnung, dass Eva es war, lauschte er, ob Mrs. Ohanesian ranging.

Tagsüber fuhr er sie immer noch. Sie musste nicht mehr nach ihm fragen. Greta in der Zentrale wusste Bescheid. Es war ein Witz unter seinen Kollegen. Brand, der Weiberheld. Brand, der Zuhälter.

Obwohl sie zu Hause schlampig war, hatte Eva für Verabredungen einen ganzen Schrank voll schicker Sachen, die sie mit kritischem Auge durchsah, als würde sie für eine Theaterrolle das richtige Kostüm suchen. In der Öffentlichkeit trug sie verschiedene Hüte mit Netzschleier, die ihre Narbe nicht ganz verbargen, eine Verführerin. Auf dem Rücksitz öffnete sie ihre Puderdose, hob den Schleier und erneuerte ihren Lippenstift, malte ein Lächeln auf. Der Anhänger lag auf ihrem Brustbein, die Goldkette straff an ihrer Haut.

«Wie sehe ich aus?», fragte sie.

Teuer, hätte Brand am liebsten gesagt. Billig. Herzlos.

«Du siehst schön aus.»

«Das sagst du immer.»

«Weil es stimmt.»

«Es kann nicht immer stimmen.»

«Doch», sagte Brand.

«Hör auf, du machst mich krank.»

Brand reagierte wie stets mit Schweigen.

«Jetzt redest du nicht mehr mit mir?»

Durch den Zustrom von Touristen war es auch für sie

eine geschäftige Zeit, ihre Abende waren dauerhaft ausgebucht. An Heiligabend brachte er sie zum Eden Hotel und setzte sich ins Café Alaska an der Jaffa Road, wo er mit dem Verzehr von Kaffee und Apfelstrudel die Zeit totschlug und, ein Auge auf der Uhr, in der von letzter Woche stammenden Zeitung aus seiner alten Heimatstadt über die Kriegsverbrecherprozesse las.

Das Alaska war das Terrain einer bestimmten Kategorie mitteleuropäischer Emigranten, die in ihrem natürlichen Lebensraum inzwischen nahezu ausgestorben waren. Mit den Kristallleuchtern, den polierten Messingsamowaren und den Marmortischen mit schäbig gekleideten Gelehrten, die Schach spielten und über Politik debattierten, gehörte es eher nach Wien oder in eine andere mondäne Hauptstadt voller Kunst und Theatern als ins düstere Jerusalem, das nur von Felsen und Arabern umringt war. Wie die Kibbuzniks, die sich als Bauern versuchten, klammerten sich die Stammgäste des Alaska an Rollen, die Brand, nachdem er den Krieg überlebt hatte, für längst veraltet hielt. Und doch saß er dort, las die Zeitung von letzter Woche und machte sich Sorgen über das Schicksal einer Stadt, die alle ermordet hatte, die er liebte. Er hatte seinen Tisch. Der Kaffee war echt, und auch der Strudel schmeckte nicht schlecht.

Das Eden war genauso phantastisch, ein Traum aus einer vergangenen, triumphalen Ära, nicht maßstabsgerecht, blind gegenüber menschlichem Leid. Er kam zu früh, um sie abzuholen, und stand mit ausgeschaltetem Motor am Bordstein. Es fand eine Feier statt. Eine nach der anderen fuhren glänzende Limousinen vor, die Paare in Abendgarderobe ausspuckten, und der Portier begrüßte alle, als wären sie Mitglieder eines Königshauses. Briten höchstwahrscheinlich. Bestimmt Christen, obwohl er ein paar Inder und Afrikaner und zwei Araber in westlicher Kleidung sah. Inzwischen war sie zu spät, und mit jedem neuen Ankömmling wurde er ungeduldiger.

Was hielt ihn davon ab wegzufahren? An der Straße stand eine ganze Reihe von Taxis. Sie konnte genauso gut eins von denen nehmen, statt seine Zeit zu vergeuden. Wenn er sie herumkutschierte, verdiente er nichts, das missfiel ihm.

Während er sinnloserweise seine Argumente schärfte, hielt ein stattlicher Vorkriegs-Daimler, ein Wagen, den Brand mit dem Oberkommando der deutschen Wehrmacht verband, hier ein besonders perverser Affront, den aber sonst niemand zu bemerken schien. Der Portier beeilte sich, die Insassen zu befreien. Die Blondine, die ausstieg und sich zu voller Größe erhob, war schlank und langgliedrig wie eine Ballerina und trug eine mit Pailletten besetzte Handtasche. Der Mann hinter ihr, silberhaarig, im Frack, mit Glacéhandschuhen, als würden sie in die Oper gehen, war Asher.

Brand hatte ihn immer nur in Khakihose und derbem Arbeitshemd gesehen, die Ärmel bis zu den Ellbogen aufgerollt. Er war einfach davon ausgegangen, dass Asher wie er selbst war, irgendein Handwerker, ein Maurer oder ein Klempner, praktisch veranlagt, geschickt mit den Händen. Jetzt, im makellosen Aufzug eines Diplomaten, hatte er etwas Unnatürliches. Brand starrte hinüber, als sähe er einen Doppelgänger.

Ohne einen Blick in Brands Richtung bot Asher der Frau seinen Arm und führte sie ins Hotel.

Brands erster Gedanke war, dass er in eine Operation geraten war. Die Irgun war berühmt für ihre Verkleidungen, sie bediente sich der Schneider in der Ben Yehuda Street zur Nachahmung britischer Uniformen. Der verhasste Wagen konnte eine Botschaft sein, vollgepackt mit TNT, Asher und die blonde Agentin mit Mausern ausgerüstet. Eine Weihnachtsfeier war der perfekte Ort für ein Attentat. Schüsse, dann Panik, ein Fluchtweg durch die Küche, ein weiterer Wagen, der hinter dem Hotel wartete.

Er fragte sich, ob Eva es wusste und ihm nichts gesagt hatte, ob sie in diesem Augenblick einen stellvertretenden Minister mit vorgehaltener Waffe bedrohte, die Verabredung eine Finte.

Er startete den Wagen. Jeden Moment rechnete er mit Schüssen, die Fenster in einem Regen aus Glasscherben berstend.

Der Daimler fuhr davon, und eine andere Limousine nahm seinen Platz ein und setzte ein weiteres Paar ab, beide älter, die Frau weißhaarig und spindeldürr, der Mann rundlich und rotgesichtig, irgendein Bürokrat, obwohl sie, wie Brand sich mit mürrischem Gesichtsausdruck eingestand, auch zur Irgun gehören konnten. Vielleicht war es ja die Weihnachtsfeier der Irgun.

Nachdem sie verschwunden waren, hielt der Portier die Tür noch etwas länger auf, und Eva kam heraus. Sie fand ihn genau dort, wo er hatte warten wollen, und lächelte. Der zuverlässige Brand.

«Tut mir leid», sagte sie. «Ich bin einem alten Freund begegnet.»

«Hast du Asher gesehen?»

Sie wirkte verwirrt, als hätte sie etwas verpasst.

«Er ist gerade reingegangen.»

«Was macht er hier?»

«Er war für die große Feier gekleidet. Irgendeine Ahnung, für wen die ist?»

«Ich kann noch mal reingehen und mich erkundigen.»

«Ist schon in Ordnung.»

«Frag ihn.»

Sie deutete auf den Portier.

Brand fuhr ein Stück vor und beugte sich lässig über den Sitz. Er tat so, als würde er in ihrem Namen fragen.

Der Mann streckte den Kopf zum Fenster herein, um sich an sie zu wenden. Obwohl er aussah wie ein Araber, sprach er zu Brands Überraschung, genau wie der Soldat neulich Nacht, ein perfektes Hebräisch.

«Das Krankenhaus veranstaltet jedes Jahr eine Feier für die Waisenkinder. Das ist sehr schön.»

«Danke», sagte Eva, und dann, als das Hotel hinter ihnen lag: «Hadassah-Krankenhaus.»

«Vielleicht arbeitet er da.»

«Oder im Waisenhaus.»

«Neulich Nacht schien er genau zu wissen, was zu tun war.»

«Du glaubst, er ist Arzt?»

«Du kennst ihn besser als ich.»

«Er ist dein Kontaktmann», sagte sie, «nicht meiner.»

«Du kennst ihn schon länger.»

Eine weitere Überraschung. Wer war ihrer – Fein vielleicht? Yellin? Lipschitz hatte sich ihnen um dieselbe Zeit angeschlossen wie er. Vielleicht war es jemand von früher, jemand, dem er noch nicht begegnet war. Sie redete nicht gern über ihre Vergangenheit, und er hatte Angst, Vermutungen anzustellen. Er dachte nicht gern über ihre Gegenwart nach.

«Ich weiß, dass er verheiratet ist.»

«Wegen dem Ring?»

«Wegen der Art, wie er sich verhält.»

«Das erkennst du.»

«Ist nicht schwer.»

«Was erkennst du sonst noch?»

«An ihm?»

«An irgendwem.»

«Ich erkenne, wenn jemand keine Frauen mag.»

«Mag er Frauen?»

«Ja.»

«Mag ich Frauen?»

«Vielleicht zu sehr.»

«Vielleicht», gestand er.

«Ich hab's dir doch erzählt», sagte sie, kramte den Anhänger aus ihrer Handtasche und setzte sich aufrecht hin, um den Verschluss zuzumachen. «Meine Großmutter konnte hellsehen.»

Und was siehst du für uns?, war Brand versucht zu fragen, doch er wollte auch die Zukunft nicht kennen.

«Was weißt du über Yellin?», fragte er.

«Was weiß ich über dich?»

«Eigentlich schon zu viel.»

«Mach dir keine Sorgen wegen Yellin. Wenn du dir wegen jemandem Sorgen machen musst, dann deinetwegen.»

Das tat er. Doch er bemühte sich, damit aufzuhören.

Auf dem Rückweg zur Altstadt kamen sie am Polizeipräsidium vorbei, das von einem doppelten Stacheldrahtgürtel geschützt war. Davor lauerte wie eine Sphinx ein Panzerwagen, die Bordwaffe auf den Verkehr gerichtet. Die Fassade trug die Narben des Überfalls, der Stein durchlöchert von

Handfeuerwaffen, Rußspuren über den herausgesprengten Fenstern. Die Leute von der Irgun hatten Pioniersprengladungen durch die Eingangstür geworfen und waren, ihre Waffen abfeuernd, hineingestürmt. Brand musste sich ins Gedächtnis rufen, dass er jetzt zu ihnen gehörte und sie, auf eine verstörende Weise, zu ihm.

Am Jaffator wartete eine lange Schlange, Unmengen von Pilgern, die sich zwischen den angehaltenen Autos und Reisebussen hindurchdrängten und zu den Mitternachtsmessen im christlichen Viertel strömten. Die Straßen würden von Lichterprozessionen verstopft sein, und Brand fuhr weiter zum Zionstor – wo es kaum besser war. Als die Pilger vorbeischlurften, stützten einige sich mit der Hand am Peugeot ab, um das Gleichgewicht nicht zu verlieren, und brachten den Wagen zum Schaukeln. Er würde ihn wieder wachsen müssen.

«Als kleines Mädchen habe ich Weihnachten geliebt», sagte Eva.

«Ich habe es immer gehasst», sagte Brand.

«Warum?»

Seine Gründe waren so typisch, dass er nur mit den Schultern zuckte. «Warum hast du es geliebt?»

«Meine Großmutter väterlicherseits war russisch-orthodox. Mein Vater musste uns einen Baum besorgen, damit wir ihn schmücken konnten. Und sie selbst machte glasierte Törtchen für meinen Bruder und mich.»

«Ist das die, die hellsehen konnte?»

«Nein, die andere. Am Weihnachtsmorgen kamen sie vorbei, und wir haben Torte gegessen und Geschenke ausgepackt. Ich weiß noch, dass ich mal Schlittschuhe bekam und den ganzen Nachmittag für sie gelaufen bin. Als ich sie auszog, waren meine Füße voller Blasen. Ich hab diese Schlittschuhe geliebt.»

Sie hatte diesen Bruder noch nie erwähnt, und obwohl sie seinen Namen nicht nannte, fühlte er sich privilegiert, als würde sie ihm ein Geheimnis anvertrauen, ihm eine Ahnung von dem Mädchen geben, das sie gewesen war. Womit konnte er sich revanchieren?

«Zu meinem Geburtstag hab ich mal ein U-Boot bekommen, in das man Backpulver füllte, sodass es in der Badewanne wie ein richtiges unter Wasser rumzischte. Als draußen das Eis geschmolzen war, ging ich mit einem meiner Freunde zum Fluss, um zu sehen, ob es auch dort funktionierte.»

«Und was ist passiert?»

«Es ging unter und ist nie wieder aufgetaucht. Wahrscheinlich hab ich nicht genug Backpulver verwendet.»

«Ich kann mir richtig vorstellen, wie du gewartet hast, dass es wieder auftaucht.»

«Ich hab wirklich geglaubt, es würde wieder hochkommen. Das hatte immer geklappt.»

«Armer Jossi. Das Leben kann so enttäuschend sein.»

«Ich glaube, ich war nicht besonders traurig darüber.»

«Nein?»

«Es gab ständig was anderes zu tun.»

Er erzählte ihr von der Eisenbahnbrücke, von der er und seine Freunde immer ins Wasser gesprungen waren, und sie erzählte ihm vom Apfelgarten ihres Großvaters, in dem sie, ihr Bruder und ihre beste Freundin Anja Verstecken gespielt hatten. Er stellte sie sich mit Zöpfen vor, auf einen Baum kletternd, als plötzlich vor ihnen wie nach dem Freiräumen eines Unfallorts der Verkehr wieder in Gang kam. Am Kontrollposten hatten die Soldaten aufgehört, alle Fahrzeuge zu durchsuchen, und als sie seine Plakette sahen, winkten sie ihn durch.

In der Altstadt bog er zu ihrem Viertel ab und ließ das Meer von Pilgern hinter sich. Bis auf eine streunende Katze, die an einer Mauer entlangschlich, lag die Street of the Jews verlassen da.

«Warum parkst du nicht?», sagte sie. «Da ist ein freier Platz.»

Sein Einwand war äußerst kraftlos: «Ich weiß nicht.»

«Heute Nacht dürftest du nichts Besseres finden.»

Es war unfair, seine Situation in solchen Worten auszumalen, aber zweifellos wahr.

«Wahrscheinlich hast du recht», sagte er und hielt an. Bevor er nach Jerusalem gekommen war, konnte er nicht besonders gut an der Straße einparken. Aber inzwischen gelang es ihm, den Wagen einhändig in die engste Parklücke zu manövrieren. Mit genügend Übung, dachte er, konnte man sich an alles gewöhnen.

In der Gasse suchte er aus Gewohnheit nach der Lampe in ihrem Fenster, doch es war dunkel, die Nische des Blechschmieds leer.

Sie setzte den Kessel auf, um Tee zu machen, schrubbte sich die Schminke aus dem Gesicht und zog ihren Flanellmorgenrock und die Hausschuhe an, eine Aufmachung, die zugleich nachlässig und intim war. Obwohl er sich da nie sicher sein konnte, redete er sich ein, die wirkliche Eva zu sehen, wenn auch nicht gerade seine, dann, wie das Mädchen mit den neuen Schlittschuhen, zumindest eine, die der Rest der Welt so nicht kannte. Trotz all ihrer Wirrungen erahnte die Liebe die Wahrheit. Im Grunde war das Herz aufrichtig. Wenn man es lang genug befragte, gab es seine Geheimnisse preis, egal wie kompliziert oder schmerzlich sie waren. Insgeheim war es sinnlos, sie zu leugnen, eine Schlussfolgerung, zu der er später kam, als sie schon schlief und ihm das Problem von Asher im Kopf herumging. Sein eigenes Problem war das Gegenteil, dachte Brand, aber genauso verwirrend. Bei Eva wusste er, wenn auch nur flüchtig, genau, wer er war.

Er erwachte im Morgengrauen durch den Ruf zum Gebet, ein schwermütiges Gejammer über den Dächern, unentrinnbar. Die Muezzins riefen nie gleichzeitig, sodass ihre Klage von einem Minarett zum anderen zu hallen schien, ein eindringlicher Kanon. Eva mochte die Morgen nicht und hielt ihr Schlafzimmer dunkel, die Läden des einzigen Fensters waren nur einen Spalt geöffnet und ließen einen Lichtstrahl hinein, der eine helle Linie über Brands abgelegte Hose zog. Sie schlief auf dem Rücken, aus ihrem leicht geöffneten Mund drang ein Pfeifen, und die Kette des Anhängers war unter der Decke verschwunden. Er wollte sie nicht verlassen, doch es würde ein arbeitsreicher Tag auf der Straße nach Bethlehem werden. Jede Fahrt brachte ein Pfund, plus die Filme, die er verkaufte. Je früher er loslegte, umso mehr würde er verdienen.

Er küsste sie auf die Wange, und sie murmelte irgendwas, rollte sich auf die Seite und vergrub ihr Gesicht.

«Frohe Weihnachten», sagte er.

«Du weckst mich auf.»

«Wolltest du mir nicht ein paar von den Törtchen deiner Großmutter machen?»

«Ist noch zu früh. Man braucht Puderzucker.»

«Ich muss los.»

«Nein.» Sie tastete blind mit der Hand hinter sich, um ihn zurückzuhalten.

«Tut mir leid.» Er küsste ihre Hand und faltete sie zusammen, tätschelte die Wölbung ihrer Hüfte. «Schlaf weiter.»

«Ich mach sie heute Abend, wenn du den Zucker besorgst.»

«Abgemacht.»

Er wusste nicht genau, wo er ihn auftreiben sollte, doch den ganzen Morgen, umgeben von der weißen, fremden Wüste, in die Staubwolken seiner Kollegen gehüllt, war er glücklich, da er wusste, dass sie an diesem Abend nicht arbeiten würde.

Bethlehem war das reinste Tollhaus. Die Grotte der Geburtskirche war ein verräuchertes Loch, in dem Pilger aus aller Welt Schlange standen, um sich hinzuknien und an der mit einem kunstvollen silbernen Stern markierten Stelle, an der Jesus geboren sein soll, den Boden zu küssen. Nur in Rom hatte er erlebt, wie Gläubige ihren Tränen so freien Lauf ließen. Manche waren überwältigt, kippten um, und ihre Kameras polterten auf den Marmorboden. Andere bekamen Anfälle, zitterten und redeten plötzlich in fremden Zungen. Wie bei den Charedim und den Jeschiwa-Schülern mit ihren Schläfenlocken, die wie verrückt an der Klagemauer beteten, oder bei den Flagellanten mit nacktem Oberkörper, die sich auf der Via Dolorosa blutig peitschten, fand Brand so eine schändliche Zurschaustellung beschämend. Er war nie vom Geist befallen worden. Als Kind war er, seiner Mutter zu Gefallen, brav in die Synagoge gegangen und hatte mit den anderen Jungen die Thora studiert. Seine Familie war wie ihre Nachbarn modern gewesen, ihre

Gemeinde geleitet von einem weltlichen Minjan aus Anwälten, Kaufleuten und Versicherungsvertretern. Dennoch war Brand skeptisch gewesen, sein Glaube durchdacht und verstandesmäßig, eher auf Geschichte und Genealogie beruhend als auf tiefem Gefühl. Nach seinem Bar Mitzwa beging er noch die Feiertage mit seiner Familie, hielt aber wie sein Vater, ein Buchhalter und überaus vernunftgesteuerter Mensch, den Sabbat nicht mehr ein und gab im Krieg seinen Glauben ganz auf. Inzwischen fand er diese hysterische Anbetung nicht nur widerwärtig, sondern auch rätselhaft. Sosehr er versucht hatte, sich zu verlieren, auf diese Art würde er es nie tun.

Von den Pilgern waren nur eine Handvoll ekstatisch. Die meisten waren schlichte Touristen, hergekommen, um ihre Reise ins Heilige Land für die Leute zu Hause zu dokumentieren, und von der wachsfigurenkabinetthaften Schäbigkeit des Ganzen enttäuscht. Die Dinge, die sie hören wollten, hatte er sich rasch angeeignet, er wies sie auf den Altar der Heiligen Drei Könige und die Krippe mit der gewickelten Puppe eines Messias hin und erzählte die Geschichte der ursprünglichen Krippe, die jetzt wie ein unbezahlbares Familienerbstück versilbert und konserviert in der Marienkirche stand. Er ermunterte sie, Bilder zu machen – ungefährlicher und persönlicher als die Ansichtskarten, die die Taschendiebe draußen verhökerten –, führte sie den Turm des griechischen Klosters mit dem weiten Blick übers Tote Meer hinauf und hielt auf der Rückfahrt an, damit sie vor der Grotte posieren konnten, an der damals die Hirten ihre Herden beaufsichtigt hatten. Manchmal fragten sie Brand beim Abschied am Ende der Tour, ob sie ein Foto mit ihm machen dürften. Sie schüttelten ihm die Hand und gaben ein Trinkgeld, sagten, sie würden ihn ihren Freunden empfehlen, und auch wenn das nie geschah, wusste Brand den Gedanken zu schätzen. Er bedankte sich und wünschte ihnen einen angenehmen Aufenthalt in Eretz Israel, ohne sich je über die Erdnussschalen und klebrigen Limonadetropfen zu beklagen, die sie auf seinem Rücksitz hinterließen.

An Weihnachten war das Geldverdienen ein Kinderspiel. Alles in allem kassierte Brand nahezu zwanzig Pfund und war vor fünf wieder in der Garage – genügend Zeit, um den Zucker zu besorgen, dachte er.

Er rechnete damit, dass die britischen Läden an der King George Avenue geschlossen sein würden, war aber überrascht, dass auch die Rollläden der jüdischen Geschäfte an der Princess Mary Street heruntergelassen waren. Die Inhaber des libanesischen Lebensmittelladens in der Mamilla Road und die türkische Bäckerei neben dem französischen Konsulat hatten aus dem Feiertag ihren Nutzen gezogen. Wer hätte gedacht, dass es in der Stadt so viele Nichtjuden gab?

Er dachte, er könnte den Zucker auf dem Gewürzmarkt bekommen, und ging von einem Stand zum nächsten, verfolgt von einer Horde Straßenjungen, die nach seinen Taschen grapschten und ein Bakschisch verlangten. Er gelangte ans Ende der Arkade, wo der Kaffee-Souk begann und das aus den dampfenden Samowaren aufsteigende Aroma ihn ablenkte, als er mit der Erkenntnis des Offensichtlichen plötzlich dachte: das Alaska.

Es war geöffnet, und sie hatten Puderzucker. Ob sie ihn ihm verkaufen würden? Er wusste nicht, wie viel sie brauchte, deshalb ging er auf Nummer sicher und bat um ein ganzes Pfund. Der Preis kam Brand hoch vor, doch er gab Willi, dem Geschäftsführer, dankbar das Geld.

«Frohe Weihnachten», sagte Brand im Gehen, so glücklich wie Scrooge am Morgen danach.

Auf dem Weg zu ihrer Wohnung, die Tüte auf dem Beifahrersitz, war er mit sich zufrieden, wie ein Ehemann, der mit einem Lohnscheck und der fehlenden Zutat fürs Abendessen von der Arbeit nach Hause eilt. Die Dämmerung brach herein, die Pilger drängelten sich am Zionstor, und die Scheinwerfer verliehen dem Ganzen etwas Opernhaftes, als stünden die Pilger für eine Massenszene auf einer Bühne. Es war kein Polizeibus da, nur die Panzerwagen und dieselben Tommys mit Hunden. Brand sah vor sich, wie der Soldat die Halstücher des Alten in den Schlamm kippte, und überlegte, ob er den Zucker ins Handschuhfach stecken sollte, befürchtete aber, das könnte verdächtig aussehen. Während die Schlange aufrückte, machte er seine Papiere bereit, und als er an die Reihe kam, schrieb der Soldat mit dem perfekten Hebräisch seine Plakettennummer auf und winkte ihn durch.

«Frohe Weihnachten», sagte Brand. «Idiot.»

Im Viertel sicherte er sich die erste Parklücke, die er sah, und ging durch das Gassengewirr hinter der Hurva zurück. Ihr Fenster war dunkel, und statt sich darüber zu freuen, hatte er die widersinnige Vorstellung, dass sie nicht da war – dass sie ein anderes Taxi gerufen hatte, um sich zu einer kurzfristig vereinbarten Verabredung mit einem UN-Funktionär bringen zu lassen, den die Jüdische Vertretung erpressen zu können hoffte. Während er mit der Tüte die Treppe hinaufstieg, machte er sich darauf gefasst, bei ihr zu klopfen und dann dazustehen wie der Narr, der er nie mehr sein wollte, doch als er den Flur erreichte, wurde er wie beim Betreten einer Bäckerei vom süßen Hefeduft fettgebackenen Teigs begrüßt.

In der Wohnung war es warm, die Luft mit dem Geruch von brutzelndem Öl geschwängert. Er hatte erwartet, dass sie sich über den Zucker freuen würde, doch sie machte keine Anstalten, ihn entgegenzunehmen. Sie wirkte verärgert, als hätte er irgendwas falsch gemacht. Als hätte sie es sich anders überlegt.

«Hast du mit Asher geredet?», fragte sie.

Wann sollte er das getan haben? «Nein.»

«Hast du heute mit irgendwem geredet?»

«Ich hab gearbeitet. Was ist los?»

«Asher hat für morgen ein Treffen einberufen.»

Es war nicht nötig zu fragen, was das bedeutete, und er stellte den Zucker auf den Tisch. «Wann?»

Mittags, um den Vorwand der Mittagspause benutzen zu können.

«Wo?»

«Das teilt er uns morgens mit.»

Die endlosen Vorsichtsmaßnahmen, frustrierend und zugleich unerlässlich. Brand dachte, der Ort könnte entweder ein Hinweis auf Ashers Identität oder ein Täuschungsmanöver sein. Wie beim Talmud hatte alles eine Bedeutung. Nichts geschah zufällig. Das Schwierige war, es richtig zu interpretieren, eine Fähigkeit, die Brand nicht besaß.

Eva machte den Zuckerguss und verzierte die Törtchen, doch angesichts der Nachricht waren die beiden zaghaft und zurückhaltend, als könnte es ihre letzte gemeinsame Nacht sein. Im Bett, die Paraffinlampe nur eine edelsteinartige Flamme auf ihrem Nachttisch, die ihre Haut blau färbte, musste er den Drang unterdrücken, Versprechungen zu machen.

«Wir sollten schlafen», sagte sie.

«Stimmt.»

«Meine Mutter hat immer gesagt, der Morgen kommt früh genug.»

«Da hat sie recht», sagte Brand, und obwohl es Stunden dauerte, war es letztlich so.

Das Treffen fand im Westen Jerusalems statt, in einer fremden Villa an einer ruhigen Straße in Rehavia. Sie versammelten sich am leeren Esstisch der abwesenden Familie. An einer Wand hing der gleiche glanzlose Kunstdruck von Millets *Die Ährenleserinnen*, der das Wohnzimmer seiner Großmutter zierte. Die gesamte Zelle war da, und außerdem als Gast der rothaarige Franzose, der neben Asher saß und von ihm als Victor vorgestellt wurde. Asher musste weder sagen, dass Victor Mitglied der Irgun war, noch, welchen Rang er hatte, er erteilte ihm einfach das Wort.

Zur Unterstützung einer breiter angelegten Aktion durch vereinte Kräfte wollten sie ein Umspannwerk in Ge'ula, einer neueren Siedlung nordwestlich der Stadt, in die Luft sprengen. Der Name bedeutete «Erlösung», eine schwere Bürde für einen Vorort. Bei dem Franzosen klang alles wie ein Kinderspiel. Das Umspannwerk sei umzäunt, aber unbewehrt und abgelegen, versteckt hinter dem Blumenfeld-Waisenhaus, von den Hauptstraßen ein Stück entfernt.

Brand sah Eva an, die nickte, als würde sie jedem Wort des Mannes genau folgen. Es war sinnvoll, dass ihre erste Aktion in Ashers Hinterhof stattfinden sollte. Brand hatte den Verdacht, dass es ein eher unbedeutendes Ablenkungsmanöver war, wenn die Irgun es ihnen zutraute. Vielleicht war es ein Test. Die Irgun war dafür bekannt, dass Neulinge einen Treueeid mit ihrem Blut unterzeichnen mussten, in dem sie gelobten, bis zum Tod zu kämpfen statt sich gefangennehmen zu lassen. Gerüchten zufolge wurden Zyanidkapseln an sie verteilt, eine Möglichkeit, die Brand im Krieg zu schätzen gewusst hätte, die ihm jetzt aber zu spät vorkam.

Gehörten sie noch zur Hagana? Er musste Asher fragen. Und was war mit Victors Freund, dem Sabra?

Victor legte die Operation dar, als würde er eine Liste abhaken. Das Ziel auskundschaften, die Sprengsätze legen, sie planmäßig in die Luft jagen und verschwinden, ohne gesehen zu werden. Man würde ihnen Material beschaffen – das hieß vermutlich Sprengstoff. Der Franzose wirkte gelangweilt und ungeduldig und ließ seine Sätze verklingen, als wäre es unter seiner Würde, mit ihnen zusammenzuarbeiten. Er würde ihr einziger Kontaktmann sein, sonst niemand. Er würde nur mit Asher sprechen. Falls etwas schiefginge, würde er jegliche Kommunikation abbrechen, ob sie verstünden? Sie wären auf sich allein gestellt.

Statt ihm Fragen zu stellen, hörten die übrigen Mitglieder der Zelle andächtig zu, als wäre das ihr Schicksal. Es gab keine Debatte, es wurden keine Zweifel geäußert, oder erst später, als Fein und Yellin ihre übliche Kaffeeklatschdiskussion hatten. Vorerst hatten sie ihre Befehle.

3 Natürlich war es seine Aufgabe, die Bombe zu transportieren. Das Gesetz war eindeutig und streng, von Anfang des Kampfes an für sie erdacht und gegen sie gerichtet. Der Besitz einer Waffe, die dazu benutzt werden konnte, Vertreter der Mandatsregierung zu töten, zog die Todesstrafe durch Erhängen nach sich. Obwohl er sie nur ein einziges Mal während der Ausbildung abgefeuert hatte, erfüllte die langläufige, alte Parabellum, die er in Öltuch gewickelt und in einer geplünderten Gruft unter seinem Fenster versteckt hatte, diese Kriterien, genauso wie die Teilnahme an einer Verschwörung gegen die Krone und die noch vagere Verbindung zu bekannten Terroristen. Er war schon mal zum Tode verurteilt worden. Das war nicht das Schlimmste auf der Welt.

Er hatte mehr Angst davor, sich oder andere in die Luft zu sprengen. Er wusste nicht, welche Zusammensetzung sie benutzen würden, wie stabil sie sein würde, und als er die Street of the Prophets entlangfuhr, sah er die Gehsteige und Bushaltestellen des Geschäftsviertels von unschuldigen Toten gesäumt. Bei jedem Schlagloch, über das er holperte, stellte er sich vor, wie die Explosion das Heck des Peugeot vom Boden hob und ihn aufs Dach kippte, wie die schartigen Granatsplitter in einem tödlichen Umkreis Fußgänger zu Boden streckten und Fensterscheiben zertrümmerten.

«Keine Sorge, ohne Sprengkapsel ist das Zeug harmlos», sagte Asher, als ob er Erfahrung hätte, und auch da erkannte Brand ihn nicht wieder. Wenn es so weit war, würde Asher ihm zeigen, wie alles funktionierte. Das sei eine nützliche Fähigkeit, sagte Asher, als redeten sie vom Lichtbogenschweißen. Brand dachte, er würde sich bei dem Gedanken wohler fühlen, wenn er im Krieg gekämpft hätte, ein Mangel, der tagtäglich an ihm zehrte. Wie viele Menschen hatte er getötet, weil er nicht gekämpft hatte? Wie vielen in seiner Baracke hatte er geholfen zu überleben? Nicht Koppelman, rief er sich ins Gedächtnis. Das war die Vergangenheit. Obwohl er geschworen hatte, die Toten nie zu vergessen, war das hier jetzt sein Krieg.

Wie Victor versprochen hatte, war das Umspannwerk abgelegen. Ge'ula lag in den Vorbergen und war noch im Bau, die Zimmerer damit beschäftigt, identische eingeschossige Häuser hochzuziehen, um Anspruch auf das Land zu erheben. Asher schickte Brand und Lipschitz los, damit sie die Gegend in Augenschein nahmen. Die Siedlung lag auf einem baumlosen Plateau, wo kahle Berge über einem Netz grob skizzierter Straßen aufragten. Es war ein bitterkalter Tag, der blaue Himmel von Jerusalem eine Finte, während sie bei voll aufgedrehter Heizung an den Gerippen der Häuser vorbeiholperten. Als Brand die vor einem Hang verlaufenden Stromleitungen sah, hielt er an, und sie traten in den Wind hinaus. Das Gehämmer ringsum hallte wie Schüsse. Sie gingen an den Parzellen entlang wie künftige Käufer und betrachteten die gestrichenen Pfähle, die die

Grundstücke markierten. Hinter der letzten freien Fläche fiel das Land jäh zu einer breiten Schlucht ab, durch die sich die Leitungen zogen. Die gegenüberliegenden Hänge waren von Ziegenpfaden gesprenkelt. Brand sah nichts, was die Tiere dort fressen konnten.

«Das Land, wo Milch und Honig fließen», sagte er.

«Für die Ziegen ist's gut genug.»

Lipschitz blickte blinzelnd ins Licht. Beiläufig, mit der Geschicklichkeit eines Zeichners – eines Ingenieurs oder vielleicht eines Künstlers, dachte Brand –, erstellte er auf einem Block Millimeterpapier eine Karte und hielt den Standort jedes Pfostens fest. Den Konturen der Landschaft folgend, fielen die Leitungen nach Süden ab, und dort, auf der anderen Seite eines trockenen Wadis, mitten in offenem Gestrüpp, stand das Umspannwerk, der Zaun, gekrönt von drei Strängen Elektrodraht. Zwei Reifenspuren führten querfeldein zum Waisenhaus und seinem Ring aus Nebengebäuden. Zwei Kilometer westlich unterhielten die Briten einen Stützpunkt, die Schneller-Kaserne, in der sich Benzintanks und ein Munitionslager befanden.

Es gab nur diese beiden Zugangsmöglichkeiten – durch die Schlucht oder über die Ebene. Brand gefiel keine von beiden.

«Was meinst du, was leichter ist?»

«Du meinst, was schlimmer ist.»

«Im Dunkeln.»

«Wir können uns am Mond orientieren.»

«Halbmond», sagte Brand. «Und außerdem könnte es regnen.»

«Wenn's regnet, werden wir nass.»

Die Ebene konnte überflutet werden, und Lipschitz würde knochentrocken bleiben. Nur Brand und Asher gingen so weit. Die anderen würden zurückbleiben und die Straßen im Auge behalten, über Telefon kodierte Informationen ans Untergrund-Radio übermitteln. Gleich nördlich von Ge'ula lag das Buchara-Viertel, südlich vom Waisenhaus Zichron Moshe. Sobald sie in den Seitenstraßen verschwanden, konnten die Briten nicht mehr alle Fluchtwege versperren. Ein Zeitzünder würde ihnen einen guten Vorsprung verschaffen.

«Diese Türme dürften kein Problem sein», sagte Lipschitz.

«Du musst auch die andere Seite lahmlegen. Mit dem Umspannwerk trifft es beide Seiten gleichzeitig.»

«Also unterbrechen wir die Stromversorgung für das Waisenhaus.»

«Und die Kaserne. Was ist sonst noch südlich von hier?»

«Das Krankenhaus und das Altersheim, sonst fällt mir nichts ein.»

Nur ein Einheimischer konnte das Altersheim kennen, und Brand fragte sich, ob Lipschitz, mit seinem schwarzen Gabardine-Jackett und seinem polnischen Akzent, aus dem größtenteils aschkenasischen Zichron Moshe stammte. Er war jünger als Brand, in den Zwanzigern und rundlich, also war er nicht in den Lagern gewesen. Ledig. Seine Blässe und die gepflegten Nägel deuteten darauf hin, dass er in geschlossenen Räumen arbeitete. Mit seinem strähnigen schwarzen Haar, dem runden Gesicht und den glänzenden Wangen erinnerte er Brand an Peter Lorre. Brand kannte ihn erst seit einem Monat, und doch vertraute er ihm sein Leben an.

«Gibt's irgendwelche Pillenschachteln?», fragte Brand,

womit er die kleinen betonierten Unterstände meinte, die die Polizei vor kurzem eingeführt hatte, um sie zu schikanieren.

«Die liegen alle im Norden. Es muss die Kaserne sein.»

Er hoffte, dass das nicht ihr Ziel war. Dort waren zu viele Truppen. «Es muss noch was anderes geben.»

«Der Wasserspeicher liegt weiter draußen.»

«Ich glaube nicht, dass sie den Wasserspeicher attackieren wollen.»

«Wahrscheinlich hast du recht.»

Die Barclays Bank, das Zentralgefängnis, das Finanzamt. Es war unmöglich, keine Vermutungen anzustellen, und auf der Rückfahrt schien jedes Polizeirevier oder Postamt eine Möglichkeit zu sein. Sie legten doch nicht grundlos die Stromversorgung lahm.

«Wir haben sowieso schon oft genug Stromausfall», pflichtete Eva ihnen bei. Sie hatte von einer Freundin gehört, das Hauptquartier der britischen Luftwaffe gegenüber vom Damaskustor könnte das Ziel sein.

Brand hatte dort schon Fahrgäste abgesetzt und mal eine Wagenladung quirliger Sekretärinnen zum Bahnhof gefahren, von denen sich eine den Vordersitz mit ihm geteilt und ihm eine amerikanische Zigarette geschenkt hatte.

Er war nicht skrupellos genug. Er durfte nicht vergessen, das war dieselbe britische Luftwaffe, die sich geweigert hatte, die deutschen Bahnstrecken zu den Lagern zu bombardieren, dieselbe britische Luftwaffe, die die in Richtung Haifa fahrenden Alija-Bet-Schiffe verfolgte. Er durfte nicht vergessen, wer seine Leute waren.

«Ich mach mir Sorgen, dass es schneien könnte», sagte Eva.

«Hier schneit es nicht.»

«Heute war's kalt genug.»

«Ich bin mir sicher, dass sie das einkalkulieren», sagte Brand. «Es könnte uns sogar helfen.»

«Wie denn?»

«Dann sind weniger Patrouillen unterwegs.»

«Da bist du aber wirklich optimistisch.»

«Ich versuch's», sagte er.

«Oder du bist ein Idiot.»

«Auch möglich.»

Sie tranken und tanzten, der Tisch zur Seite geschoben, und mitten in einem Lied hob sie plötzlich die Nadel von der Platte und fasste ihn an der Hand. In ihrem Zimmer konnte er bei geschlossenen Fensterläden und gedämpftem Licht so tun, als würde der Rest der Welt nicht existieren. Nur das war real, und das, und das. Es war eine süße Lüge, und so kurz. Am Morgen weinte sie hinter der Badezimmertür, und ihm schmerzte vom Cognac der Kopf. Er verstand sie nur zu gut. Was würde Katja von dem Mann halten, der er geworden war? Das Problem war wohl, dass er noch am Leben war.

Er war nicht so schwach, um sich umzubringen, aber auch nicht so stark, dass er es nicht wollte. Ihm stellte sich immer die Frage, was er mit seinem alten Leben anfangen sollte, die Erinnerung gärte in ihm wie eine Krankheit. Nicht nur seine eigene Trauer, sondern auch der Wachmann, der auf Koppelmans Gesicht getrampelt, der Hund, der das Kind geschüttelt, die Zugräder, die den dummen Zigeunerjungen in zwei Teile geschnitten hatten – Gräuel, die so alltäglich waren, dass niemand davon hören wollte. Alles, was er mitangesehen hatte, gehörte jetzt ihm, war unauslöschlich und doch nicht in Worte zu fassen. Am besten war, alles zu vergessen, und so ließ er sich weiter von der bedeutungslosen Gegenwart ablenken.

Er wurde allmählich ein guter Lügner. Als Jossi scherzte er den ganzen Tag lang mit seinen Fahrgästen, ganz egal, ob sie Italiener, Franzosen oder Türken waren, während die Gebäude ringsum zerfielen. Jedes Mal, wenn er einen Tommy auf Urlaub abholte, war er überzeugt, dass er zu oft lächelte, und verspürte den aberwitzigen Drang, ihre Pläne auszuposaunen. Das würde all seine Probleme lösen.

Vielleicht würde es schneien, und sie würden die Sache abblasen. Vielleicht würde bei seinem Peugeot ein Dichtungsring platzen, und sie müssten jemand anderen finden. Und in anderen Momenten stellte er sich vor, die Tore und Wachtürme rings um das Ghetto von Riga in die Luft zu sprengen und alle zu befreien. War das hier so anders?

Fein wünschte, sie würden den gesamten Umfang der Operation kennen.

«Und ich wünschte, die dreckigen Araber würden verschwinden», sagte Yellin, «aber das wird auch nicht passieren.»

Brand vertraute ihnen, weil sie älter waren und wie ein lang verheiratetes Paar über alles nörgelten – wie seine Onkel –, aber gab es für Informanten eine bessere Tarnung? War Asher ihr Kontaktmann gewesen oder derjenige, der Eva angeworben hatte?

«Ich hab keine Ahnung», sagte Eva, doch da er sie kannte, konnte er sehen, dass sie etwas verheimlichte.

«Was ist?»

«Du solltest mich das wirklich nicht fragen.»

«Wen denn sonst?»

«Das meine ich ernst, Jossi. Es ist besser, nicht Bescheid zu wissen.»

«Ich erzähl's niemandem, versprochen.»

«Das weißt du nicht», sagte sie, als hätte er sie verletzt, und er fragte sich, was genau mit ihrem Mann passiert war. Am liebsten hätte er gesagt, er werde sie nie verlassen, befürchtete aber, das würde alles bloß noch schlimmer machen.

Die Operation war jetzt alles. Sie hatten noch immer keinen Termin, aber als er sich am Mittwoch spätnachmittags von der Telefonzelle am Jaffator bei Greta meldete, gab sie ihm eine Fahrt von einer vertrauten Adresse in Rehavia.

Auf der Veranda wartete Asher in dunkelblauem Anzug mit einem schwarzen Lederkoffer, der einem Bankier hätte gehören können. Auf dem Rücksitz behielt er den Koffer auf dem Schoß, die Arme darübergelegt, als wäre er voller Bargeld.

«Wohin fahren wir?»

«Zur Highschool», sagte Asher, als wüsste Brand, wo sie war. «Bieg hinter der Jüdischen Vertretung links ab.»

Die schnellste Strecke führte die King George Street entlang. Im Spiegel beobachtete Asher, wie die Ladenfassaden vorbeiglitten, und schob mit einem Finger den Ärmelaufschlag zurück, um auf die Uhr zu sehen wie ein Börsenmakler, der zu spät zu einem Treffen kam. Neben seinem perfekten Auftreten wirkte das von Brand unausgegoren, sein dicker Pullover der stümperhafte Versuch eines Kostüms – der Grünschnabel aus Riga. Er sah vor sich, wie die Blondine aus der Limousine Ashers Arm ergriffen, wie sie ihn angelächelt hatte. War sie seine Frau, oder war es bloß eine Tarnung? Er dachte an Eva und sich selbst. Wie viel von ihrer Liebe war Schauspielerei?

Wie ganz Rehavia war auch die Highschool modern und nichtssagend, ein Betonkasten im schmucklosen Stil des letzten Jahrzehnts. Die Schule war für diesen Tag aus; nur ein paar Autos ließen den Parkplatz gesprenkelt erscheinen. Asher forderte ihn auf, hinter einem Plymouth zu parken, wo der Peugeot vor der Straße versteckt war, und sie gingen zur nächstgelegenen Tür. Asher klopfte, und während sie warteten, warf Brand einen Blick auf den Koffer und sah direkt unter dem Griff goldene Initialen: NJW.

Nathan Joshua Weinberg.

Nahum Jacob Wertz.

Falls er wirklich ihm gehörte. Wahrscheinlich nicht, genausowenig wie das Haus.

Der Hausmeister, der sie einließ, schien Asher zu kennen, und wieder staunte Brand über den Umfang des Untergrunds. Im Flur war es dunkel und still, gedämpftes Tageslicht sickerte aus den Klassenzimmern herein. Am Ende drängten sie sich durch zwei Brandschutztüren, die ein Treppenhaus abschirmten. Brand erwartete, dass sie sich in die Sicherheit des Kellers begeben würden, doch Asher führte ihn in den zweiten Stock hinauf, wo er einen Schlüssel aus dem Jackett zog und ein Klassenzimmer betrat. Neben der Tafel hing das Periodensystem. Eine Wand war von Glasschränken gesäumt, in denen Kolben und Becher standen.

«Kein Ort, der besser geeignet wäre», sagte Asher und schaltete das Licht an.

Ganz vorn stand ein langer altarartiger Tisch mit einem Spülbecken an einem Ende und mehreren Gasbrennern für Demonstrationszwecke. Wie ein Lehrer hängte Asher sein Jackett auf und rollte die Ärmel hoch, öffnete den Koffer und legte den Inhalt zurecht: eine große Trockenbatterie, einen

Wecker, eine Rolle schwarz ummantelter Draht, eine Rolle Kupferdraht, eine Blechschere, eine Ahle, einen Schraubenzieher, Zangen, zwei Marmeladengläser voll Schrauben und Muttern, ein Rechteck einer grauen, lehmartigen Masse, die wie ein Fisch in Wachspapier eingewickelt war, ein Instrument, das der Lochzange eines Schaffners glich, und etwas, das wie eine Stange Dynamit aussah.

«Dynamit?», mutmaßte Brand.

«Das hier ist TNT. Du wirst den Unterschied zwischen beidem noch lernen. Nur zu, du kannst es anfassen.»

Brand nahm die Stange behutsam und legte sie dann wieder hin. Sie war erstaunlich leicht, wie ein trockener Zweig.

«Keine Angst. Du kannst sie auf den Boden fallen lassen oder anzünden, ohne dass sie explodiert. Ohne Primärladung ist sie harmlos.»

Brand, der sich in seiner Jugend gern Hollywood-Western angeschaut hatte, war davon ausgegangen, dass man bloß ein Streichholz brauchte.

«*Das hier*», sagte Asher und legte ein silbernes Röhrchen von der Größe eines Füllers auf den Tisch, «ist das, wovor du Angst haben musst.»

Es war eine Sprengkapsel. Ein Ende des Röhrchens war offen, um eine Zündschnur einzuführen, das andere war mit einer kleinen Sprengladung bestückt. Asher schnitt ein kurzes Stück von dem schwarz ummantelten Draht ab und nahm die Lochzange.

«Du schiebst die Zündschnur ganz rein, dann drückst du das Röhrchen zusammen, damit sie an ihrem Platz bleibt. Die Gefahr ist, wenn du es zu nah an der Ladung zusammendrückst, kann es explodieren. Du musst es so machen.»

Er klemmte die Backen der Zange um das Röhrchen. «Diese Dinger können vertrackt sein. Zur Sicherheit musst du es hinter dir und nach unten halten, dann erwischt es im Fall einer Explosion deinen Arsch und nicht dein Gesicht.»

Er hielt es einen Augenblick, als wollte er zudrücken, und Brand machte sich auf die Explosion gefasst.

«Wir dürfen die Zündschnur erst einführen, wenn wir bereit sind, sie zu benutzen, also legen wir das Ding wieder weg. Nur das Ende. Früher haben die Bergarbeiter sie mit den Zähnen zusammengedrückt, und dann und wann – wumm. Sieh dir das Dynamit an. Siehst du das Loch da? Das ist für die Sprengkapsel. Die Zündschnur, die ich abgeschnitten habe, ist viel zu kurz. Normalerweise braucht man mindestens sechzig Zentimeter. Eine Sicherheitszündschnur brennt etwa einen Zentimeter pro Sekunde, manchmal auch ein bisschen mehr oder weniger, hängt vom Wetter ab. Du solltest nicht mehr als zwei Meter nehmen, das ist sonst unpraktisch. Bei allem, was länger als drei Minuten dauert, musst du eine elektrische Ladung benutzen, die einfacher zu verwenden, aber schwerer aufzutreiben ist. Das ganze Zeug ist schwer zu kriegen, deshalb verschwenden wir nichts.»

Während Asher Drähte an der Trockenbatterie und dem Wecker befestigte, schaute Brand stirnrunzelnd zu und versuchte, sich alles einzuprägen. Das Ende zusammendrücken, es hinter dich und unterhalb der Taille halten, ein Zentimeter pro Sekunde, nicht mehr als zwei Meter. Da er den Unterschied zwischen Dynamit und TNT nicht kannte, war er überzeugt, er würde sich bei seinem ersten Versuch die Hand wegsprengen.

«Wo hast du das alles gelernt?»

«Früher wurden wir richtig geschult. Jetzt geht alles hopplahopp. Hier, mach dich nützlich und wickle das auf.»

Er zeigte Brand, wie man einen Zeitzünder baute und eine Sprengfalle an einer Tür anbrachte, wie man einen Knoten in den Hals eines Molotowcocktails zwängte, damit der Lappen nicht herausglitt, wenn man die Flasche warf. Die Schrauben und Muttern waren Schrapnell für selbstgebaute Granaten. Immer wieder kehrten sie zur Sprengkapsel und dem Zusammendrücken des Zünders zurück, dazu, wie man ihn in das TNT steckte, bis Brand überzeugt war, dass sie so bei dem Umspannwerk vorgehen würden. Asher blickte ständig auf die Uhr, und nach einer letzten Demonstration zu Tretminen packte er alles wieder in den Koffer.

«Irgendwelche Fragen?»

«Und, worin liegt nun der Unterschied zwischen Dynamit und TNT?»

«Ah, du hast tatsächlich zugehört. TNT ist haltbarer, kraftvoller und funktioniert auch, wenn es feucht ist. Deshalb ist es Dynamit immer vorzuziehen und kostet auch mehr.»

«Benutzen wir es auch?»

«Das wissen wir noch nicht. Wäre schön.»

Asher zog sein Jackett an und schloss die Tür hinter sich ab. Ob als Lehrer oder Arzt, Geschäftsmann oder Elektriker, er hatte ein herzerfrischendes Selbstvertrauen. Sein Akzent war slawisch, vielleicht tschechisch, und doch deutete nichts darauf hin, dass er im Lager gewesen war. Jetzt, wo Brand mit ihm allein war, hätte er ihn am liebsten gefragt, was er im Krieg gemacht hatte. Doch er bedankte sich bloß für den Unterricht.

«Schon gut», sagte Asher. «Das sollte jeder wissen.»

Brand dachte, dass Asher seine Großzügigkeit und die Einzigartigkeit der Sache herunterspielte, bis Eva ihn fragte, ob sie zur Highschool gefahren seien.

«Hat er dir von den Bergarbeitern erzählt?» Sie biss auf eine imaginäre Sprengkapsel. «Mit diesem Ammenmärchen schüchtert er die Leute gern ein.»

Vorher hatte Brand den Umstand, dass er Asher zur Unterstützung begleiten sollte, als Bestätigung betrachtet, sein Stellvertreter zu sein. Doch jetzt wurde ihm klar, es lag – wie immer – daran, dass er den Wagen hatte. Eva, Fein und Yellin, vielleicht sogar Lipschitz wussten auch, wie man eine Bombe zündete. Warum war er stets überrascht, zu entdecken, dass er sich irrte? Inzwischen müsste er doch daran gewöhnt sein.

Wie Eva vorausgesagt hatte, kam der Schnee, der über Nacht fiel, die Gräber unter seinem Fenster abmilderte und die Stadtmauer wie Zuckerguss krönte. Die Touristen waren begeistert, sie machten unzählige Fotos von den Kirchen und Olivenhainen, und den ganzen Tag war viel los. Im Schneematsch drehten die Räder des Peugeot durch. Es erinnerte ihn an Riga und die warme Küche seiner Großmutter, an die gekachelte Nische neben ihrem Ofen, wo er nach dem Spielen draußen heißen Kakao trank und das Gefühl in seine Wangen zurückkehrte. In seiner Wohnung behielt er den Pullover an und drehte seinen Primuskocher voll auf, nippte an einem Johnnie Walker, aber trotzdem fror er. Unten versuchte sich Mrs. Ohanesian an der *Mondscheinsonate*, sie spielte immer wieder die Anfangstakte, und ihr Wellensittich zwitscherte wie ein Kritiker, bis sie barmherzigerweise die Niederlage eingestand.

Er glaubte, der Schnee würde am nächsten Morgen verschwunden sein, doch er blieb liegen und zögerte die Operation weiter hinaus. Je länger sie warteten, dachte Brand, umso gefährlicher wurde es, da so viele Leute zumindest einen Teil des Plans kannten. Er hatte sich schon der Hoffnung hingegeben, die Sache würde ganz abgeblasen, als spätabends, während er unter der Bettdecke den Sender Triest hörte, unten das Telefon klingelte und Mrs. Ohanesian nach ihm rief.

«Das Edison-Kino», sagte Asher. «Morgen acht Uhr.»

«Ist gut, danke», sagte Brand, denn Mrs. Ohanesian lauschte mit Sicherheit hinter der Tür. Obwohl er enttäuscht war, wünschte er, er könnte seine Jacke anziehen und sofort aufbrechen, und sei es nur, um nicht einen weiteren Tag warten zu müssen.

Er stand da und überlegte, ob er Eva anrufen sollte, doch sie musste Bescheid wissen, und er entschied sich dagegen. Falls die Briten mithörten, wollte er es ihnen nicht einfacher machen.

Als er erwachte, schneite es, der Felsendom nur ein Schatten hinter dem wirbelnden Schleier. Hatte denn niemand den Wetterbericht gehört?

Die Schulen und die Souks waren geschlossen, alle Leute blieben klugerweise im Haus. Den ganzen Tag platschte Brand durch die leeren Straßen, und als er an den Panzerwagen vorbeifuhr, die das Zentralgefängnis bewachten, spürte er die auf ihn gerichteten Blicke. Der Untergrund hatte mehr Kämpfer als Gewehre. Die Polizeischule, die verschiedenen Kasernen. Irgendein Waffenlager vermutlich. Wie viele Waffen gab es in diesen Pillenschachteln? Selbst die waren befestigt. Im Vergleich dazu war das Umspannwerk ein Kinderspiel.

Beim Verblassen des Tages drehte sich der Wind. Der Schnee verwandelte sich in Eisregen, und die Fahrgäste verschwanden, die Touristen zogen sich in ihre Hotels zurück. Greta hatte keine Fahrten für ihn, und er stand in der Schlange am Jaffator, las die *Post*, hörte die Stimme des kämpfenden Zion und wartete auf das Ende seiner Schicht. Graupel tickte aufs Dach, die Kristalle schmolzen auf der Motorhaube. Der Hang war bei diesem Wetter unmöglich. Es gab nur den einen Zugang, querfeldein. Wenn sie steckenblieben, mussten sie den Wagen zurücklassen. Absurderweise war er darum so besorgt, als gehörte er ihm.

In der Garage fragte ihn Pincus, ob er mal nach seiner Wasserpumpe schauen könne, und obwohl Brand nur nach Hause wollte, um sich fertig zu machen, hievte er seine Werkzeugkiste aus dem Kofferraum. Pincus fuhr einen winzigen Fiat, der noch durch die schmalste Gasse passte. Im Krieg war es nicht möglich gewesen, Ersatzteile aufzutreiben, und der Motor war ein wildes Sammelsurium. Brand hängte eine Lampe an die Motorhaubenverriegelung, schob den Kopf dicht über den heißen Motorblock und bemühte sich, aus seinem eigenen Schatten zu bleiben.

«Die Schläuche sehen gut aus.»

«Das hätte ich dir sagen können», erwiderte Pincus und beugte sich neben ihn.

«Was war denn damit?»

«Nichts. Du hast es repariert, Boytschick. Danke. Du kannst dein schickes Werkzeug wieder wegpacken.»

Brand begriff nicht. Pincus musste seine Hand auf den offenen Deckel legen und ihn zweimal ansehen, bis Brand zwischen seinen Zangen und Schraubenschlüsseln eine schwarze, kurzläufige Pistole entdeckte.

Pincus schloss den Deckel. «Ich dachte, die kannst du vielleicht besser gebrauchen als ich.»

«Danke», sagte Brand, eher bestürzt als dankbar. Gab es in der Stadt irgendwen, der nicht Bescheid wusste? Sehr oft hatte er das Gefühl, der Letzte zu sein, der den Witz verstand.

Die Waffe war geladen, ein Todesurteil, falls man ihn anhielt. Auf der Heimfahrt ließ er sie im Kofferraum, doch für die Mandatsregierung spielte es keine Rolle, ob sie eingeschlossen war oder ob er sie in der Hand hielt.

Die Regel für eine direkte Aktion lautete leere Taschen. Er konnte die Waffe mitnehmen, aber nichts, was ihn mit irgendwem in Verbindung brachte. Die Bewegung hatte sich die Mühe gemacht, dafür zu sorgen, dass der Peugeot eine Sackgasse war. Brand dachte, dass es ihm nichts ausmachen würde, namenlos zu sterben. Genau wie Katja und der Rest seiner Familie. Jossi hatte ihm sowieso nie gefallen.

Er nahm nur seine Autoschlüssel und ließ seine Wohnung offen. Er würde höchstwahrscheinlich zurückkommen, doch als er zum vielleicht letzten Mal die Treppe hinunterstieg, schlugen seine Gedanken ins Theatralische um. Mrs. Ohanesian würde sich sein Radio und das Bündel Pfundnoten in der Zigarrenkiste nehmen. Unter seinem Fenster würde die alte Parabellum, in ihrem Grab verschlossen, vor sich hin rosten.

Das Telefon im Flur weckte in ihm den Wunsch, Eva anzurufen. Er sollte eine letzte Nacht mit ihr verbringen, wie ein Soldat, der an die Front geschickt wurde.

Dumm. Er ging bloß nach Ge'ula. Mit Trinkgeld betrug der Fahrpreis nicht mal sechs Shilling.

Inzwischen regnete es stärker, ein Prasseln wie von brutzelndem Fett umgab ihn und dämpfte alle anderen Geräusche. Im Dunkeln nahm er die Waffe aus dem Kofferraum, steckte sie in die Tasche, und als die Deckenbeleuchtung ausging, schob er sie unter den Sitz.

Niemand war auf der Straße, und vor dem Edison wartete keine Menschenmenge, nur die Laufschrift spiegelte sich auf dem nassen Gehweg: *Ich kämpfe um dich* mit Gregory Peck und Ingrid Bergman. Er war zu früh und fuhr um den Block, fand auf der anderen Straßenseite eine Parklücke, von der aus er die Eingangstür sehen konnte. Er wusste nicht genau, warum Asher einen so öffentlichen Ort ausgesucht hatte, es sei denn, das gehörte zu seinem Alibi. Was war an dem Haus in Rehavia auszusetzen? Brand fühlte sich wieder hilflos, als wäre die Verschwörung gegen ihn gerichtet.

Als um Punkt acht das Glockenspiel des YMCA zur vollen Stunde ertönte, kam Asher in einem Trenchcoat aus dem Kino, als träte er aus dem Film heraus. Er hob die Hand, und Brand fuhr das Taxi an den Bordstein.

«Wohin?»

«Stell das Radio an. Wenn sie dreimal ‹Churchill› sagen, ist die Sache abgeblasen.»

«Verstanden.»

Wegen des Wetters ging das Signal an und aus, und Brand musste sich anstrengen, um den Sprecher zu hören, der sich über die zehn verlorenen Stämme ausließ. Lange vor Lord Balfour habe Gott, der Herr, seinem Volk beide Ufer des Jordan versprochen. Kol Hamagen war ein verlängerter Arm der Hagana, die ein verlängerter Arm der Arbeiterpartei war, und obwohl sich Brand nach den Lagern als unpolitisch betrachtete, störte es ihn, wenn Sozialisten ihre Argumente auf die Bibel gründeten.

Auf dem Rücksitz wickelte Asher ein Paket aus. «Sie hatten bloß Dynamit.» Er klang unzufrieden, und das machte Brand unzufrieden.

«Ist doch trocken, oder?»

«Ich bin mir sicher, dass es in Ordnung ist, ich würde bloß lieber kein Risiko eingehen.»

Dafür ist es zu spät, dachte Brand und blickte in den Spiegel, um zu sehen, ob ihnen jemand folgte. Nein, sie waren die Einzigen, die so dumm waren, bei dem Unwetter draußen zu sein.

Als sie die Mea Shearim Street entlangschipperten und das chassidische Viertel umfuhren, flackerten die Laternen, die ihnen die Straße zeigten, und verdunkelten sich. Die gesamte Reihe leuchtete ein-, zweimal auf und erlosch. Gleichzeitig ging das Radio aus, als wäre der Sender getroffen worden, und es blieb nur das Schwingen der Scheibenwischer. Hinter den Scheinwerfern war die Nacht so schwarz wie mitten auf dem Meer.

Brands erster Gedanke war, dass die Irgun das Hauptkraftwerk lahmgelegt und ihnen ihre Mission abgenommen hatte. Doch wahrscheinlich war es nur ein Stromausfall, den das Unwetter ausgelöst hatte, ärgerlich, aber vorübergehend. Er konzentrierte sich auf die Straße, erwartete, dass die Lichter jeden Moment wieder angehen und einen versteckten Jeep oder Streifenwagen, der auf der Lauer lag, zum Vorschein bringen würden, doch als sie tiefer in die Randbezirke vordrangen, war da nichts. Er bekam Amman und Damaskus herein, aber nicht den Regierungssender, und dachte mit dem strengen Pragmatismus eines Partisans, dass es eine gute Nacht wäre, um die Antenne zu sprengen.

«Hast du eine Taschenlampe dabei?», fragte Asher.

«Ich hab alles dabei, was du haben wolltest.» Das hieß die Bolzenschneider, die Blechschere und die Gummihandschuhe. Sie waren auf alles vorbereitet, auch wenn er keine Lust mehr hatte, es überhaupt durchzuziehen. In einer Nacht wie dieser sollte er bei Eva sein und sich warm halten.

Ein Windstoß traf den Wagen, er zog ihn zurück auf die Spur.

«Wie ist der Wind?», fragte Asher.

«Schlimm.»

Sie waren jetzt in Zichron Moshe und fuhren an dem mickrigen Geschäftsviertel vorbei, die unvollendeten Straßen von Ge'ula irgendwo rechts von ihnen. In den Hügeln dahinter waren die arabischen Dörfer das ganze Jahr dunkel, die Häuser wie im letzten Jahrhundert von Kochfeuern, Kerzen und seltenen Petroleumlampen erleuchtet. Die Wadis würden aufgewühlt und schlammig sein, die Schlucht überflutet. Churchill, Churchill, Churchill, flehte Brand, aber sie fuhren weiter. Hinten knipste Asher ein Feuerzeug an, und das aufflammende Licht erschreckte Brand wie ein Schuss.

«Ich denke, es geht alles klar», sagte Asher.

Das Zion-Blumenfeld-Waisenhaus lag direkt hinter Zichron Moshe, ein ausgedehnter Bauernhof, dazu bestimmt, die heimatvertriebenen Kinder des Krieges in einem idyllischen Utopia großzuziehen. Hier, in Schlafsäle gepfercht, die wie Wagenburgen einen ländlichen Steintempel umringten, lernten Flüchtlinge aus den blutigen Hauptstädten Warschau, Prag und Wien, wie man Kälber aufzog und Hühner rupfte. Brand drosselte ein gutes Stück vor dem Haupteingang des Campus das Tempo und bog in eine unbefestigte Straße, die der Stromgesellschaft gehörte. Die Straße führte hinter einer Reihe von Scheunen an einer Umzäunung entlang. Lastwagen hatten tiefe Furchen gegraben und in der Mitte einen Wulst hinterlassen, auf dem Brand mit einem Rad balancieren musste, damit der Peugeot nicht steckenblieb. Das Heck rutschte im Schlamm, und sie schlitterten seitwärts, wobei ihre Scheinwerfer über den Himmel strichen. Er bemühte sich, langsam zu fahren, und dennoch stießen Steine gegen das Fahrgestell. Er stellte sich vor, wie die Ölwanne platzte und es nicht mehr weiterging. Dann müssten sie den Wagen in die Luft sprengen und zu Fuß nach Hause gehen.

Sie verließen den Schutz der Scheunen und fuhren durch offenes Land. Er stellte sich vor, wie sie von der Straße her aussehen mussten, meilenweit die einzigen Lichter. Die Patrouillen mussten doch wissen, dass sie nicht dort hingehörten. Wenn es nicht regnete, hätte er die Scheinwerfer ausschalten und sich an den Sternen orientieren können. Stattdessen blieb er mit zwei Rädern auf dem Wulst und fuhr geradeaus.

«Wir müssten es gleich sehen», sagte Asher.

Er versucht ruhig zu bleiben, dachte Brand, und redet bloß um des Redens willen. Wo sollte es denn sonst sein?

Im Hafen von Marseille hatte mal der Motor einer Barkasse, auf der er war, bei schwerem Wellengang den Geist aufgegeben. Es war Juni gewesen, das Meer zu kalt, um länger als ein paar Minuten zu überleben. Jedes Mal, wenn die Barkasse in ein Wellental stürzte, schwappte mehr Wasser ins Boot. Der erste Offizier hatte die Motorhaube abgenommen und zog verzweifelt an der Schnur. Brand konnte die Küste sehen, vielleicht einen Kilometer entfernt. Bei perfektem Wetter und günstiger Strömung hätte er schwimmen können, doch an jenem Tag wusste er, dass er es nicht schaffen würde. Nachdem er die Lager überlebt hatte, würde er wegen einer verölten Zündkerze sterben, und während er klatschnass und zitternd dasaß, überdachte er noch mal sein Leben und fand sich mit seinem Schicksal ab. Dieselbe seltsame Ruhe überkam ihn jetzt. Er freute sich, dass er Eva liebte, und war stolz, für Eretz Israel zu kämpfen. Wenn er in dieser Nacht sterben sollte, bereute er nichts.

«Da ist ein Strommast», sagte Asher.

Als Brand sich mit Lipschitz das Umspannwerk angesehen hatte, waren sie zu weit weg gewesen, um die wahre Größe des Turms ermessen zu können. Aus nächster Nähe wirkte er wie ein Bohrturm. Ganz oben ragten riesige Isolatoren wie erhobene Arme aus seinem Rahmen. Der Betonsockel war mehrere Meter dick. Eine Stange Dynamit konnte da nichts ausrichten.

Das Umspannwerk war leichter erreichbar, die schmale Gebäudereihe erinnerte an die skelettartigen Häuser von Ge'ula. Er schaltete die Scheinwerfer aus, drehte und ließ den Wagen laufen.

Jetzt, wo sie da waren, mussten sie schnell handeln. Kein Wort fiel. Sie wussten, was sie zu tun hatten.

Nur die Drähte oben am Zaun standen unter Strom. Während Brand im Regen kauerte und das Schloss mit dem Bolzenschneider zu öffnen versuchte, saß Asher auf dem Rücksitz im Trockenen und führte beim Licht der Taschenlampe die Zündschnur in die Sprengkapsel ein. Wenn er jetzt einen Fehler beging, würde Brand es hören.

Er war als Erster fertig und glitt wieder auf den Fahrersitz.

Asher öffnete die Tür einen Spaltbreit, drehte das Rädchen seines Feuerzeugs und steckte die Zündschnur in Brand. Sie zischte, und er schob sich durch die Tür in den Regen.

Brand legte den Gang ein und wartete mit offener Tür. Er wusste nicht genau, ob Asher die Taschenlampe absichtlich angelassen hatte. Der Strahl hob die Nähte des Rücksitzes hervor, und Brand musste wieder an den Sabra denken.

Asher stieg gebückt ein. «Auf geht's.»

Brand fuhr los.

«Uns dürften mindestens drei Minuten bleiben.» Asher keuchte vom Laufen. Aus irgendeinem Grund fand Brand das Ganze witzig.

Er versuchte, den Wagen auf dem Wulst zu halten, aber sie fuhren zu schnell. Er schlingerte, und die Steine prallten gegen den Wagenboden. Die Rückfahrt ging schneller, da sie wussten, wo sie lang mussten. Sie holperten an den Scheunen vorbei und gelangten eine Minute vor der bevorstehenden Explosion auf die Hauptstraße.

«Wohin fahren wir?»

«Zurück zum Edison.»

Sie nahmen die dunklen Seitenstraßen, rollten durch Zichron Moshe zum Busbahnhof und hielten sich ans Tempolimit. Mit jedem weiteren Häuserblock verringerte sich die Gefahr für sie, sie waren immer mehr bloß ein Taxifahrer mit seinem Fahrgast. Statt erleichtert zu sein, machte sich Brand bewusst, dass sich unter seinem Sitz die Waffe befand.

Sogar bei Regen herrschte am Egged-Busbahnhof reger Betrieb, die Busse mit laufendem Motor an ihren Plätzen, die Fahrgäste beleuchtet wie Fische in einem Aquarium.

«Jetzt», sagte Asher und hielt seine Uhr hoch, doch aus dieser Entfernung, bei dem Regen ringsum und dem anhaltenden Stromausfall ließ sich nicht sagen, ob die Bombe hochgegangen war. Für Brand fühlte es sich wie Betrug an. Nach all der Mühe, die sie auf sich genommen hatten, hätte er die Explosion gern gehört.

4 Sie würden nie erfahren, was genau passiert war. Angeblich war das Polizeihauptquartier das Ziel gewesen, wo es von Geheimdienstlern, Waffen und möglichen Geiseln wimmelte, doch die Operation war, höchstwahrscheinlich wegen des Wetters, abgeblasen worden. Der Regierungssender berichtete, mehrere Kraftwerke seien überfallen worden. Notgedrungen leugnete die Hagana, etwas damit zu tun zu haben. Obwohl er wusste, dass das Umspannwerk unter Überwachung stehen würde, wäre Brand am liebsten mit einem Feldstecher nach Ge'ula hinausgefahren und hätte sich den Schaden selbst angesehen, wie um zu beweisen, dass sie es wirklich getan hatten. Am dichtesten an den Ort des Geschehens kam er, als er einen Fahrgast zum Altersheim brachte, wobei er einen Blick auf den Turm werfen konnte – unversehrt, genau wie die Leitungen –, während er an den kahlen Feldern des Waisenhauses vorbeifuhr. Im Rückblick kam ihm die Mission zugleich heldenhaft und waghalsig vor, vor allem aber schlecht geplant. Brand war kein Soldat, doch als er in den folgenden Tagen in der Stadt herumkurvte und Geschichten über König Herodes und die Stadt Davids erzählte, stellte er sich immer wieder vor, wie er mit Asher die steinige Straße neben den Scheunen entlangholperte, und erinnerte sich nicht gerade mit aufrichtiger Angst, aber mit Stolz und verspäteter Aufregung an diese Nacht. Verrückterweise hätte er es am liebsten noch mal getan.

Wie Bankräuber nach einem Beutezug tauchten sie erst mal unter. Keine Treffen oder Anrufe, nicht mal eine verschlüsselte Nachricht durch Greta. Pincus forderte die Waffe nicht zurück, also versteckte Brand sie in der Gruft, nachdem die Huren und die Tommys ihre Angelegenheiten erledigt hatten. Als er am Morgen erwachte, war er kein Todeskandidat mehr. Er war ein Taxifahrer aus Lettland, der Jossi hieß. Er fuhr und verkaufte Filme, aß, in der Schlange vor dem Damaskustor stehend, mittags sein Falafel. Ob er wisse, wo das Kreuzkloster sei?

«Darauf können Sie wetten», sagte er.

Der Abendmahlssaal?

«Kein Problem.»

In Jaffa ging vor dem Rathaus eine Autobombe hoch, die vierzehn Araber tötete. In der Nacht erschossen die Briten einen Jugendlichen, der Handzettel klebte. Brand dachte, Asher würde sich melden, blieb aber diszipliniert und wahrte Funkstille.

Es war immer noch Weihnachten. Erst für die Orthodoxen, und zwei Wochen später für die Armenier. Der Peugeot stank nach Weihrauch. Selbst Eva hatte es satt. Sie war es überdrüssig, für schlechten Schwarzmarktkaffee und zyprischen Brandy bezahlen, sich nach dem Abendessen ankleiden und in die Kälte und den Regen hinaus zu müssen, damit so ein Schwein von einem Bürokraten sie abküssen konnte. In den Nächten, in denen sie arbeitete, war sie nie nüchtern. Um sich zu wappnen, trank sie, bevor sie losging, und hinterher trank sie, um zu vergessen. Ihre Miete brachte sie nie mehr zur Sprache, aber wenn sie gegen die Ungerechtigkeit der Welt wetterte, dachte Brand oft, dass es seine Schuld war.

Er hatte Geld, aber bei weitem nicht genug. Sie war ohnehin so stark, dass man sie nicht halten konnte. An ihren seltenen freien Abenden musste er sich damit zufriedengeben, sie zum Essen einzuladen oder mit ihr ins Kino zu gehen. Er wusste nicht genau, ob sie umeinander buhlten. Sie kleidete sich wie bei ihren Verabredungen, stimmte dieselben Sachen aufeinander ab, die sie letzten Dienstag im Fast Hotel getragen hatte, und der einzige Unterschied war, dass sie auf der Fahrt vorn bei ihm saß. Sie suchte das Lokal aus, einen Gangstertreff in der Nähe vom Queen Melisande's Way. Im Kilimanjaro Supper Club kannten die Garderobenfrauen und Kellner sie alle mit Namen, als wäre sie berühmt und ihr schlechter Ruf etwas Ruhmvolles. Ihr Tisch stand stets in einer dunklen Ecke hinter einem Perlenvorhang, fernab von den anderen Paaren. Wenn sie vorbeiging, starrten die Frauen ihren Rücken an und tuschelten miteinander. «Aditti», murmelten sie leise, ein Schimpfwort für ein Mädchen, das mit den Briten schlief. In ihrer Verschwiegenheit vergaß sie, dass sie ein öffentlicher Skandal war. Er wünschte, sie würde sich auf dem Absatz umdrehen und den Frauen eine Ohrfeige geben, doch sie ging weiter, als hätte sie nichts gehört. Obwohl er wusste, dass sie bloß wütend auf ihn sein würde, hätte er gern wie ein Ritter ihre Ehre verteidigt. Würde es diese Frauen interessieren, dass sie es für sie tat?

«Sie haben kein Recht dazu», sagte er.

«Amüsieren wir uns», sagte sie. «Trink dein Glas aus.»

Selbst hier zog ihre Narbe die Blicke auf sich, so wie es wohl ihre Schönheit getan hatte, als sie noch jünger war. Vor dem Krieg hätten ihn die Männer im Raum beneidet. Jetzt hielten sie ihn vermutlich für ihren Zuhälter oder Gigolo. Sein zweiter Drink verlieh ihm den Mut, einen Scherz darüber zu machen.

«Was kümmert's dich?», fragte sie.

«Weil ich weder das eine noch das andere bin.»

«Stimmt, du bist rein.»

Er war bereit zu gehen, sobald er aufgegessen hatte. Sie bestand auf Kaffee und Dessert und saß noch vor ihrer zweiten Tasse, während sich das Lokal langsam leerte. Als die anderen Gäste gegangen waren, kam der Oberkellner Edouard an ihren Tisch, um seine Aufwartung zu machen.

«Miss Eva.» Er verbeugte sich auf europäische Art und küsste ihr die Hand. Das lag nicht bloß daran, dass sie Stammgast war. Seine Hochachtung war tief verwurzelt und grenzte an Anbetung. Jedes Mal, wenn er mit ihr plauderte, war Brand überzeugt, dass er Victor und Asher kannte, ihr Gespräch voll versteckter Bedeutung. Zu Brand sagte er kaum etwas, nur hallo und auf Wiedersehen, als hätten sie nichts miteinander zu tun.

«Warum kannst du ihn nicht leiden?», fragte Eva.

«Wegen der Art, wie er dich ansieht.»

«Er ist Franzose.» Sie zuckte unschuldig mit den Schultern. «Edouard ist ein alter Freund. Er war mir ein Freund, als ich keine Freunde hatte.»

Selbst noch neu in der Stadt, verstand Brand sie genau, und dennoch war er besorgt. Alle, denen sie begegneten, schienen sie besser zu kennen als er.

Im Edison, im Dunkeln sicher verborgen, konnte er sich

entspannen. Wie ein verträumter Schuljunge hielt er ihre Hand, sah sie verstohlen, voller Verzückung an. Sie wirkte im Kino am glücklichsten, wies ihn auf Hintergrunddetails und die Kameratricks des Regisseurs hin und ergriff bei spannenden Szenen seinen Arm. Sie liebte Ingrid Bergman, deren großes weiches Gesicht die Leinwand ausfüllte.

«Niemand schmollt wie die Bergman», sagte sie, als wären sie Kolleginnen.

Bergman, Vivien Leigh, Gene Tierney – sie verwandelte sich in all die Stars. Auf dem Heimweg spielte sie ihre Lieblingsszenen, und er konnte die Schauspielerin vor sich sehen, die sie gewesen war. Am liebsten hätte er den, der ihr Gesicht verunstaltet hatte, umgebracht.

Als sie im Bett eingeschlafen war, stellte er sich vor, dass Katja in einer Ecke des Zimmers schwebte, ein Engel, der über ihn wachte. Sie wusste, dass er im Grunde seines Herzens empfindsam war, trotz seines schwedischen Zynismus, den er wie die grünen Augen von seinem Vater geerbt hatte, einem Menschen, der Sonnenuntergänge geliebt und die Schwachen beschützt hatte. Was würde sie jetzt von ihm halten, und was könnte er ihr sagen?

Nach seiner Befreiung war er mit dem Zug durch die belaubte Landschaft auf demselben Weg zum Krähenwald gefahren, den man sie im Schnee hatte marschieren lassen, doch der Boden war von den Russen aufgegraben, die Leichen waren auf Lastwagen weggekarrt und zusammen mit den deutschen Toten in geheime Gräber gekippt worden, eine zweite Schändung. Er war an der umgebrochenen Erde entlanggegangen, hatte nach einem Stofffetzen, einem Knopf, dem Stahlgestell einer Brille, irgendeinem Hinweis darauf gesucht, was dort passiert war. Es war Mai gewesen, die ersten Grastriebe waren hervorgesprossen und hatten die Erdhügel mit Grün gesäumt. Ringsum wuchsen Unkraut und Disteln kniehoch, strotzende Erinnerungen an den unaufhaltsamen Ablauf des Lebens. Er stand auf der Lichtung, musterte die Bäume, die sich auf allen Seiten der Sonne entgegenreckten, die von Ast zu Ast flatternden Vögel, die sich etwas zuzwitscherten, und wusste, dass er gehen musste. Er fand einen glatten, eiförmigen Stein, kniete nieder und legte ihn ins weiche Gras. Eine Woche später heuerte er auf der *Eastern Star* an. Vom Heck aus beobachtete er, wie die Kirchtürme von Riga allmählich schrumpften, während das Schiff auf der Düna zum offenen Meer dampfte. Wenn er jetzt ein Zuhause hatte, dann war es das.

Er hatte wochenlang nichts von Asher gehört. Manchmal, wenn er morgens früh aufwachte und durch die leeren Straßen fuhr, konnte Brand sich einreden, dass diese ruhige Routine sein Leben war, alles andere ein verrückter Traum. Doch als er eines Nachmittags zwei schmallippige britische Luftwaffen-Colonels am English Sports Club absetzte und die Einfahrt entlangrollte, sah er plötzlich, wie die Blondine vom Eden, geschmeidig in ihrem Reitensemble, das Haar zu einem adretten Knoten zurückgebunden, auf den Fahrersitz des Daimler stieg, während ihr ein Hoteldiener die Tür aufhielt.

Der Club lag südlich der Stadt, in der Nähe des Bahnhofs. Die schnellste Strecke zurück war der Julian's Way durch die Deutsche Kolonie, die jetzt, nach dem Krieg, größtenteils britisch war. Er beobachtete, wie der Daimler die Einfahrt entlangglitt und erwartungsgemäß links abbog, während die Colonels Händevoll Kleingeld verglichen. Der

Größere zählte stockend dreihundert Mils in Brands Hand – ein sehr geringes Trinkgeld.

«Danke», sagte Brand und brauste davon.

Auf dem Julian's Way würde sie zwischen dem YMCA und dem King David hindurch ins Hauptgeschäftsviertel an der Jaffa Road fahren. Zu dieser Tageszeit waren nur eine einzelne Patrouille und ein paar Taxis unterwegs, die Fahrgäste aus dem Zwei-Uhr-Zug beförderten. Der Daimler war schwer zu übersehen, und an der Montefiore-Windmühle hatte er ihn im Blick. Ein langer Tourenwagen im Grau von Haifischleder, wie sein Peugeot zu feuchtem Glanz poliert, erinnerte er ihn an Rommel und Stechschrittparaden.

Brand hoffte, sie würde ihn zu einem Ort führen, den er mit Asher in Verbindung bringen konnte. Während sie dahinbrausten und den Zionsberg hinauffuhren, blieb er drei Wagen hinter ihr, um sie nicht zu erschrecken. Als hätte sie ihn entdeckt, bremste sie, als der Jesus-Turm des YMCA links vor ihnen auftauchte, und bog, ohne zu blinken, rechts zum King David ab.

Während der Rest des Hotels öffentlich zugänglich war, hatte die Mandatsregierung für ihre heikleren Büros den gesamten Südflügel gemietet. Als naheliegendes Angriffsziel hatte das Sekretariat einen separaten, von Stacheldraht umschlossenen Eingang. An einem Wachhäuschen warteten zwei bewaffnete Tommys und kontrollierten jeden Besucher. Als er dort zum letzten Mal einen Fahrgast abgesetzt hatte – einen leise sprechenden Landwirtschaftssekretär –, hatten sie die Koffer des Mannes geöffnet, als könnte er der Stern-Bande angehören. Während Brand vorbeiglitt und der Daimler die Einfahrt entlangrollte, winkte die Blondine den Soldaten, als wäre sie Stammgast.

«Die Geliebte von irgendwem», mutmaßte Eva. «Oder die ausgelassene Tochter. Vielleicht auch beides.»

«Warum sollte sie bei Asher sein?»

«Er benutzt sie, um Zutritt zu haben.»

«Warum sie?»

«Offenbar kommt sie überall rein.»

Das ergab einen Sinn, und doch fand Brand die Vorstellung verwirrend, da sie unvollständig war. An Bord eines Schiffs teilte der Kapitän der Crew mit, wo es hinging und was sie auf See erwartete. Dort war keine andere Crew mit eigenem Bestimmungsort unter Deck versteckt.

Gemäß dem Protokoll konnte er Asher nicht fragen, genauso wenig, wie er mit jemandem über die Autobombe in Jaffa sprechen konnte.

Nach ihrem dritten Glas Brandy würde Eva reden. Wie ein Vernehmungsbeamter wartete er auf den kleinsten Ausrutscher.

«Du warst bei den Ausschreitungen nicht hier. Sie haben Hunderte von uns umgebracht. Haben Türen aufgebrochen und Kindern die Kehle durchtrennt. Es war, als wären sie wahnsinnig geworden.»

«Das waren nicht dieselben Araber», sagte er.

«Wir sind nicht dieselben Juden. Darauf kommt es an. Wir werden nicht mehr dasitzen und uns umbringen lassen. Das ist es, was sie begreifen müssen. Wir werden kämpfen.»

«Ich glaube, das begreifen sie jetzt.»

«Man muss sie daran erinnern, sonst fallen sie in ihre alten Gewohnheiten zurück.»

Wie ich, dachte Brand. Der Neue Jude nannten sie die Sabras. Neulich Nacht hatte er sich wie einer gefühlt. Jetzt war er sich nicht mehr sicher. Seine eigene Philosophie war der der Jüdischen Vertretung näher – gewaltloser Widerstand –, auch wenn sie die Hagana direkt unterstützten, die ihre Politik der Selbstbeherrschung aufgegeben hatte, als sie sich mit der Irgun und der Stern-Bande zusammentat, und das, nachdem sie diese als Dissidenten und Terroristen bezeichnet und den Briten geholfen hatte, sie zur Strecke zu bringen. Brand verstand nicht, wie sie jetzt alle ein Herz und eine Seele sein konnten, er wusste nur, dass er zu ihnen gehörte. In einem Punkt hatte Eva recht. Auch wenn er bezüglich der Mittel der Revolution nicht mit ihr übereinstimmte, gab er zu, dass das, was mit seiner Familie passiert war, seine Schuld war. Zu spät hatte er die Angst vor dem Tod verloren.

«Du bist Irgun», sagte er.

«Sind wir alle.»

«Von Anfang an.»

«Jetzt.»

«Und damals?»

«Wir glauben nicht an die Bekämpfung unserer Brüder und Schwestern.» Sie klang wie Asher.

«Aber vorher.»

«Wir waren noch Hagana. Wir sind noch Hagana.»

«Und Asher?»

«Asher ist Asher.»

«Was bedeutet das?»

«Asher hat seine eigenen Vorstellungen. Er mag dich, weißt du? Er mag nicht jeden.»

«Ich weiß. Ich mag ihn auch.» Die Witwe hat er dich genannt. Aber das würde einen anderen Streit auslösen, einen, den er verlöre.

«Du vertraust ihm nicht.»

«Ich hab ihm neulich Nacht vertraut.»

«Der Punkt geht an dich», sagte sie und stieß mit Brand an. «Ich bin es, der du nicht vertraust. Weißt du, ich könnte dir jede Nacht die Kehle durchschneiden.»

«Du meinst, während du schläfst und ich deinem Schnarchen zuhöre. So wirst du mich überraschen.»

«Genau. Du hast keine Ahnung, bis es vorbei ist.»

«So wär's mir am liebsten.»

Er schien die Gabe zu haben, sie zum Lachen zu bringen, doch in diesem Fall meinte er es ernst.

Weihnachten war zu guter Letzt vorbei. Die Sauregurkenzeit war angebrochen, die Züge aus Jaffa waren leer. Es lohnte sich nicht, in der Schlange vorm Bahnhof zu stehen. Er befolgte Pincus' und Scheibs Rat und hielt sich an die besseren Hotels, wo er auf reiche Amerikaner lauerte, auch wenn das hieß, dass er manchmal kontrolliert wurde. Gegen sein Bauchgefühl verstreute er alte Lappen und Ölkanister und zerknitterte Brottüten in seinem Kofferraum, um die Hunde zu verwirren. Im Handschuhfach war nichts, nur das Versprechen auf Schmuggelware – genug, um ihn festzuhalten. An jedem Kontrollposten übte er seinen englischen Akzent. «Was soll das denn, hä?» Der schlaue Jossi, jedermanns Freund. Dass er kein Geld verdiente, war ärgerlich, hatte aber letztlich keine Bedeutung. Irgendwann würde Asher anrufen, und Brands anderes Leben würde wieder beginnen.

Als der Anruf endlich kam, war nicht Asher, sondern Fein am Apparat, was nicht bloß Brand, sondern auch Mrs. Ohanesian durcheinanderbrachte, die angesichts der rätselhaften Stimme die Stirn runzelte, als hätte Brand sie darauf vorbereiten sollen. Es war ein Donnerstagabend. In jener Woche war er jede Nacht bei Eva gewesen, und sie wussten irgendwie, dass er nun zu Hause war. Er hatte vergessen: Überall waren Beobachter.

Das Treffen fand in Mekor Baruch statt, unweit des Altersheims. Brand fuhr Eva und Lipschitz, ein ungleiches Paar, und parkte an einer von schorfigen Platanen und gedrungenen Wohnblocks gesäumten Straße. Hier wuselten die vom Glück begünstigten Kriegskinder in den staubigen Gassen, spielten mit Zweigen und Samenbomben Kommandotrupp und brüllten einander ein mit Jiddisch gemischtes Polnisch zu. Oben hängten ihre Mütter Kochwäsche an die Feuerleitern wie mattes Fahnentuch. Die verschlüsselte Adresse, die Fein Brand gegeben hatte, führte zu dem Gebäude, in dem ein geheimes Treffen am allerwahrscheinlichsten war, einer tristen aschkenasischen Synagoge neben einer Metzgerei mit geköpften Hühnern fürs Sabbatessen im Schaufenster. Bevor er die Tür öffnete, überfiel ihn plötzlich die Ahnung, es könnte eine Falle sein. Warum hatte Fein angerufen? War Asher irgendwas zugestoßen?

Drinnen wusste Brand nicht genau, wohin er sich wenden sollte. Für einen Taxifahrer hatte er einen schlechten Orientierungssinn. Wie immer dachte er, der Keller sei der sicherste Ort. Als wäre sie schon mal da gewesen, stieg Eva die Treppe zum ersten Stock hinauf.

In einem kleinen Sitzungssaal mit einer Tafel auf Rädern saßen Asher, Victor und, in einem zerknitterten Seersucker-Anzug, den Davidstern und die Löwentätowierung unter einem Oxford-Hemd verborgen, der Sabra.

Im Anzug sah er erst recht wie ein Araber aus, durch die Adlernase und seine dunkle Haut wirkte die jod-förmige Narbe über seinem Auge noch seltsamer, wie ein Zeichen des Schicksals. Er hatte die Statur eines Boxers, eines rauflustigen Bantamgewichtlers wie John Garfield, und Garfields achtlos verstrubbeltes Haar. Er sah aus wie ein Gangster, der für einen Prozess gekleidet war. Kaum zu glauben, dass er vor einem Monat beinahe gestorben wäre. Brand merkte, dass er ihn anstarrte, und kam wieder zu sich.

«Freut mich, dass es Ihnen wieder bessergeht.»

Der Mann nickte zur Bestätigung. Eva nickte er stärker zu, wie aus Dankbarkeit. Brand erinnerte sich, wie er wortlos auf dem Rücksitz gestöhnt hatte, und fragte sich, ob er stumm war. Plötzlich fiel ihm auf, dass niemand sprach – weder Asher noch Victor. Das Protokoll. Sie würden sich einander nicht vorstellen.

Alle saßen um den Tisch und warteten auf Fein und Yellin. Die Tafel war mit einem Schwamm abgewischt. Lipschitz zog einen Block hervor und begann zu schreiben. Der Sabra wedelte mit der Hand, und er steckte ihn wieder weg.

Im Flur ertönten Schritte, das Schlagen einer Tür. Fein war allein, und obwohl Brand gern nach Yellin gefragt hätte, wartete er darauf, dass jemand anders das Schweigen brach.

«Schließ die Tür», sagte Asher.

Anscheinend kam Yellin nicht, eine weitere Entwicklung, die Brand aus Prinzip nicht gefiel.

Der Sabra stand auf, knöpfte sein Jackett zu und strich es vorn glatt, als wollte er eine Rede halten. «Als Erstes möchte ich mich bedanken. Mein Freund hier hat mir erzählt, wie sehr ihr mir neulich Nacht geholfen habt. Ich stehe in eurer Schuld und werde alles daransetzen, mich zu revanchieren.» Er sprach steif, als wären seine Worte an eine Menschenmenge gerichtet. Brand konnte den Akzent nicht einordnen, obwohl er darin Übung hatte – teils Spanisch, teils irgendwas anderes. Vielleicht Französisch, mit seinen schnarrenden Zischlauten. Es war möglich, dass der Sabra gar kein Sabra war.

«Besonders möchte ich mich bei Miss Eva bedanken, weil sie ihre Wohnung zur Verfügung gestellt hat. Das war sehr mutig.»

Miss Eva. Sie strahlte wie ein Star, der eine Auszeichnung entgegennimmt.

«Bei Jossi möchte ich mich für die Fahrt in seinem Wagen bedanken. Auch das war sehr mutig.»

Brand nickte und dachte, Asher hätte ihm nicht ihre Namen nennen sollen. Das Protokoll galt für beide Seiten. Und was war mit seinem Pullover?

«Ihr habt euer Leben riskiert, um meins zu retten. Glaubt nicht, dass ich das vergesse. Lang lebe Eretz Israel.»

«Lang lebe Eretz Israel», wiederholten sie.

Damit setzte er sich, und Victor stand auf. Sie ergaben ein seltsames Paar, der dunkelhäutige, glattrasierte Bantamgewichtler und der rotgesichtige, rotbärtige Riese. Wie haben sie sich kennengelernt?, fragte sich Brand. Wer ist noch in ihrer Zelle?

Victor klappte die Tafel um und brachte eine Skizze zum Vorschein – eine grobe Landkarte mit Bahngleisen und zwei parallelen Straßen, die mit Pfeilen markiert waren. Wie in einer Geometrie-Aufgabe überquerten die Gleise beide Straßen in einem Winkel. Dazwischen, in der Mitte der Gleise, prangte das X einer Schatzkarte.

«Die Gehälter der Briten kommen jeden Freitag im selben Zug.»

Der Plan war lächerlich einfach. Sie würden die Gleise

sprengen und den Zug überfallen. Brand kam die Idee wie irgendwas aus dem Wilden Westen vor, das mit Sicherheit in einer blutigen Schießerei enden würde, aber niemand erhob einen Einwand.

Sobald der Zug die erste Kreuzung überquert hatte, würden sie hinter und vor ihm mit Minen die Gleise sprengen. Wenn der Zug in der Falle saß, würden zwei von ihnen die Crew als Geiseln nehmen, während die anderen die Wachen entwaffneten und den Safe sprengten. Sie würden einen gestohlenen Wagen benutzen, den sie nach ihrer Flucht stehenlassen konnten, und dann würde Jossi sie in die Stadt zurückfahren, die Beute sicher in dem versteckten Fach. Die Summe der Gehälter betrug über dreißigtausend Pfund.

«Das sind viele Waffen», sagte Asher, als bräuchten sie einen Ansporn.

Nach dem Umspannwerk erwartete Brand, dass er zusammen mit Asher, Victor und dem Sabra zu dem Überfallkommando gehören würde. Im Peugeot konnten fünf Leute fahren. Vielleicht noch Fein? Eva und Yellin würden für die Kommunikation zuständig sein.

Sie hatten eine Woche.

«Ich weiß, das ist nicht viel Zeit», sagte Victor, «aber Gideon und ich denken beide, dass ihr bereit seid.»

«Danke», sagte Asher, und während Brand sich an dem Decknamen festklammerte, begriff er, dass Gideon und Victor nicht mitkommen würden. Sie würden es allein durchziehen.

Um keinen Verdacht zu erregen, brachen sie nach Beendigung des Treffens getrennt auf. Asher blieb mit Gideon und Victor zurück, um zu überlegen, welche Materialien benötigt wurden. Lipschitz hatte in Mahane Yehuda zu tun, also konnte er zu Fuß gehen. Fein sagte, er bräuchte eine Mitfahrgelegenheit.

Im Wagen waren sie schwermütig, als wären sie schon auf der Mission. Sie fuhren an der Schneller-Kaserne und den Feldern des Waisenhauses vorbei. Brand warf einen Blick auf die Scheunen und den hochaufgeschossenen Turm, der sich in der Ferne erhob. Ein fahrender Zug war ein völlig anderes Vorhaben. Geiseln und Wachen. Ganz zu schweigen von dem Safe.

Nach meilenlangem Schweigen ergriff Eva schließlich das Wort. «Und, was ist mit deinem Kumpel Yellin los?»

«Nichts», sagte Fein. «Er hatte einen Zahnarzttermin.»

5 Gideon war Sepharde, ein Marokkaner, dessen missionarische Eltern in Tanger eine Jeschiwa leiteten. Eva hatte es die ganze Zeit gewusst.

«Ich konnte es dir nicht sagen. Glaub mir, ich wollte es. Asher hat gesagt, es wäre zu unserem eigenen Wohl. Wir müssen in Sicherheit sein.»

«Du hast Victor auch schon gekannt.»

«Ich hab nie das Gegenteil behauptet.»

Er fragte sie aus wie ein betrogener Ehemann. Wie gut sie die beiden kenne? Wie lange? Sie reagierte ausweichend und empört, ganz die treue Ehefrau, erinnerte ihn ans Protokoll. Wie in jener Nacht spürte er, dass Gideon oder Asher nicht zum ersten Mal in ihrem Bett gewesen waren. Warum überraschte es ihn, dass sie eine Hure war? Er war an Katja gewöhnt, deren Vergangenheit genau wie seine so klar wie Wasser war. Er war bloß ein dummer Mechaniker, nicht dazu bestimmt, mit Spionen gemeinsame Sache zu machen.

«Was ist mit der Blondine?»

«Die ist neu. Ehrlich, ich hab keine Ahnung, wer sie ist.»

«‹Ehrlich.›»

Ihr Gesichtsausdruck änderte sich. Sie deutete auf die Tür. «Verschwinde. Auf der Stelle.»

Das ganze Wochenende hielt er sich von ihrer Wohnung fern, arbeitete lange und aß im Alaska. In Riga waren die Prozesse beendet, die fünf für das Massaker verantwortlichen Männer wurden gehängt, der Rest der Stadt stillschweigend entlastet – genau wie er es erwartet hatte, ein schwacher Trost. Sein altes Leben war vorbei, sein neues ein Scherbenhaufen und Schwindel. Zur Feier des Tages ging er mit einem Glas Johnnie Walker in seiner Wohnung auf und ab, drückte die Nase ans kalte Fenster und hinterließ einen schmierigen Fleck. Die brummende, taumelnde Schwermut einsamer Betrunkener. Warum war Katja tot und Eva am Leben? Wahrscheinlich fehlte er ihr nicht mal. Wahrscheinlich hatte sie sich schon einen anderen Fahrer besorgt. Der Bahnhof war so nah, dass er hörte, wie sich der letzte Zug aus Jaffa die letzte Steigung des Zionsberges hinaufplagte und seine Kollegen dann ihre Fahrgäste in die Stadt brachten und Geld verdienten. In der Gruft warteten seine frisch geölten Pistolen. Als Kind des Ersten Weltkriegs, Überlebender des Zweiten hatte er noch nie eine Waffe auf einen anderen Mann gerichtet, es waren bloß immer Waffen auf ihn gerichtet worden. Der unschuldige Brand, die Taube der Geschichte. Es war ein Wunder, dass er so lange lebte.

«Verdammt noch mal, ja», sagte er zu seinem Spiegelbild und war überrascht zu sehen, dass sein Glas leer war.

Er wachte in seiner Kleidung auf, einen sauren Geschmack im Mund. In der Garage brachte ihm Pincus Kaffee und bemutterte ihn. Greta vermittelte ihm ein älteres amerikanisches Paar, das am Hochzeitstag nach Bethlehem wollte. Wenn alle auf seiner Seite waren, wie konnte er dann scheitern?

Er fand die Aussicht auf die Mission nicht beängstigend, sondern eher ärgerlich, als wäre sie ein Kontrollposten, der den Weg zu seinem neuen Leben versperrte. Er sah die Gründe dafür und war grundsätzlich mit ihnen einverstanden, doch als die Arbeitswoche begann, hoffte er, es würde am Freitag regnen, sodass die Wüste für alles außer einem Jeep unpassierbar war. Doch auch das würde die Sache nur aufschieben.

Am Dienstag berief Asher für den Abend des folgenden Tages ein Treffen in der Highschool ein. Sollten sie angehalten werden, waren sie eine Laienspieltheatergruppe, die mit Eva arbeitete. Brand dachte, die Idee würde ihr gefallen. Aus Gewohnheit fuhr er vorbei, um sie abzuholen, und nahm die Abkürzung über den Blumenmarkt zu ihrem Tor. Die Lampe brannte nicht, doch als er klopfte, kam keine Reaktion.

Sie war mit dem Bus gefahren. Sie wollte, dass er entgeistert war, und obwohl das zutraf, fühlte er sich auch geschmeichelt, dass sie beim Pläneschmieden an ihn dachte. Yellin entschuldigte sich, weil er beim letzten Treffen gefehlt hatte, erwähnte aber den Zahnarzt nicht. An einer Tafel ging Asher den Plan durch, der Brand zugleich überkompliziert und zu einfach vorkam. Asher würde mit dem zweiten Wagen in einem Kibbuz, der ein paar Kilometer von der auserkorenen Stelle entfernt war, zu ihnen stoßen. Brand, Fein und Yellin würden die Geiseln bewachen, während Asher und Lipschitz den Safe sprengten. Der Wagen fasste nur fünf Personen, deshalb würde Eva den Fluchtweg überwachen und die Kommunikation regeln. Die ganze Operation beruhte auf Wunschdenken, auf der Hoffnung, dass die Wachen das Geld für die Gehälter gegen die Geiseln eintauschten. Würde Asher sie wirklich umbringen, falls sie sich weigerten? Aus Erfahrung war Brand misstrauisch gegenüber allem, was zu viele Unwägbarkeiten aufwies. Wenigstens würde Eva in Sicherheit sein.

Nach dem Treffen lehnte sie es ab, sich von ihm nach Hause fahren zu lassen, aber als es auf dem Parkplatz zu regnen anfing, überlegte sie es sich anders. Sie saß hinten und sprach nur mit Fein und Lipschitz, um Brand zu signalisieren, dass es kein Sieg war. Brand, ans Verlieren gewöhnt, wusste, dass es einer war.

Vor der Operation würden sie sich bestimmt versöhnen. Irgendwann würde sie ihm verzeihen, er würde sich entschuldigen, und dann würden sie auf ihre normale, gequälte Art weitermachen – so war es zumindest mit Katja gelaufen. Daran glaubte er bis zwei Uhr am Donnerstagnachmittag, als er am Löwentor stand. So verrückt es auch klang, in vierundzwanzig Stunden würde er, so unausweichlich wie das Aufgehen der Sonne, im Ajalon-Tal sein und eine Waffe auf einen Zug richten. Doch der Gedanke beflügelte ihn nicht, sie zu besuchen, sondern machte ihn kaltblütiger. Wenn sie sich in diesem Moment nicht mehr aus ihm machte, dann zum Teufel mit ihr. Vor allem hätte sie ihm von Gideon erzählen sollen. Und doch überlegte er in jener Nacht, während er auf das Klingeln von Mrs. Ohanesians Telefon horchte, ob er sich anziehen und zum Peugeot hinuntergehen sollte. In ihrer ersten gemeinsamen Nacht, als sie bloß «die Witwe» gewesen war, hatte er ihren Mann und Katja bei ihnen im Zimmer gespürt, ihre Anwesenheit traurig und zugleich ein Trost, als wäre das alles, was ihnen geblieben war. Nur ein Narr würde dieses letzte Trostpflaster seinem Stolz opfern, und dennoch tat er es.

Am Morgen war noch ein schuldbewusster Rest des Gefühls übrig, wie ein schwach erinnerter Traum, aber es war zu spät. Er schloss den Peugeot auf und schlüpfte auf den Friedhof, um seine Pistolen zu holen, die alte und die neue, beide in Wachstuch gewickelt. Als er den Kofferraum öffnete, stellte er sich vor, wie Mrs. Ohanesian ihn von ihrem Fenster aus beobachtete. Bei dem ständigen Regen roch das versteckte Fach schimmelig. Er legte das Bündel ab, als könnte es explodieren.

Eva war die Erste, die er abholen musste, so hatten sie etwas Zeit für sich. Sie war es nicht gewohnt, so früh aufzustehen, und sah um die Augen müde aus. Wie immer hatte sie sich in die Rolle gestürzt und trug wie ein jugendlicher Kibbuznik ein taubenblaues Kopftuch, eine weiße Bluse und eine Khakihose, als würden ihre zarten Hände und ihr Mascara dazu passen. Vor dem Kontrollposten entschuldigte er sich.

«Ich weiß», sagte sie. «Ich war gestern den ganzen Tag krank.»

«Ich wollte letzte Nacht vorbeikommen.»

«Hättest du tun sollen.»

«Ich war ein Idiot.»

Darauf konnten sie sich einigen.

«Du wirst doch vorsichtig sein?», fragte sie.

«Vorsicht ist mein zweiter Name.»

«Bitte mach keine Witze.» Sie machte ein hilfloses Gesicht, und er begriff, dass er nicht sterben durfte. Er streckte die Hand über den Sitz, damit sie sie drücken konnte.

«Mach dir keine Sorgen.»

«Warum nicht?»

«Gideon hat es selbst gesagt, ich bin sehr mutig.»

«Ich nicht», sagte sie.

«Das stimmt nicht.»

Als sie sich durch die Vororte schlängelten und die Zelle einen nach dem anderen einsammelte wie eine düstere Fahrgemeinschaft, setzte sie sich nach vorn. Lipschitz war der Letzte, er trug einen schwarzen Gehrock, der für das Wetter zu schwer war. Darunter hatte er die Sten-Maschinenpistole, die Fein und Yellin wie ein Enkelkind bewunderten.

Sie fuhren auf der Jaffa Road Richtung Küste, kamen am Busbahnhof und dem Wasserspeicher vorbei und ließen die Stadt hinter sich. Die Wüstengebiete waren arabisches Territorium. Auf beiden Seiten unterbrachen kreideweiße Dörfer das Grau der Felsen wie Falken in ihren Nestern, die das Tal und den alten Handelsweg überblickten. Das war das Land der Kanaanäer, schon von den Philistern, den Babyloniern und Römern besetzt, bevor die Osmanen und die Briten kamen. Jetzt, nachdem sich die fremden Invasoren zurückgezogen hatten, waren Echsen und Skorpione wieder die größte Bevölkerungsgruppe. Pincus und Scheib hatten Brand ermahnt, nachts keinen Fahrgast hierherzubringen. Zuerst war ihm ihr Rat, wie Evas Geschichten von den Ausschreitungen, übertrieben vorgekommen. Inzwischen betrachtete er ihn als Ausdruck gesunden Menschenverstands. Hier draußen gab es keine Telefonzellen, kein Gesetz.

«Verdammt», sagte er. «Ich hab mein Halstuch vergessen.»

«Ich auch», gestand Yellin.

«Da, wo wir hinfahren, haben sie welche», sagte Fein.

«Du kannst mein Kopftuch benutzen», sagte Eva zu

Brand, zog es ab und faltete es auf dem Schoß für ihn zusammen. Er würde ihr Recke sein.

Die Straße führte durch Bab el-Wad, ein berüchtigtes Bollwerk der Arabischen Legion. Brand drosselte das Tempo, als würde ihm die Verkehrspolizei auflauern. Es war ein Feiertag der Moslems, und der Markt war geschlossen, die Hauptstraße verlassen. Nur ein Bettler im schmutzigen Kaftan blieb stehen, um die Neuheit eines Taxis voller Juden anzustarren, und am Rand des Ortes gab Brand wieder Gas.

Hinter Latrun ging es bergab, und sie trotzten den judäischen Bergen, bevor sie ins Ajalon-Tal hinabkamen, wo der Blick sich endlos bis zur Küstenebene erstreckte. Meilenweit vor ihnen auf dem Wüstenboden wirbelte ein anderer Wagen eine Staubwolke auf, die wie Rauch von einem Feuer aussah. So weit entfernt, bei Windstille, konnte man nicht erkennen, ob er ihnen entgegenkam oder in Richtung Tel Aviv unterwegs war. Wenn es eine Patrouille war, konnte sie ihr Herannahen nicht verschleiern. Brand sah vor sich, wie sie angehalten wurden und Lipschitz mit der Sten das Feuer eröffnete, wie der Jeep oder Panzerwagen feuerte, bevor sie aus ihren Sitzen kamen. Wenn es ein Panzerwagen war, war es vielleicht besser, querfeldein zu fahren und zu versuchen, ihm zu entkommen. Gegen einen Jeep hatten sie keine Chance.

«Was ist das?», fragte Eva und zeigte auf etwas am Straßenrand.

Aus der Ferne sah es aus wie das Gerippe eines Zelts oder einer Nissenhütte, vielleicht auch eine ausgebrannte Tankstelle oder die Überreste eines Cafés. Als sie näher kamen, stellte es sich als der verrostete Rumpf eines Busses heraus, der die Farbe von getrocknetem Blut angenommen hatte.

«Der steht schon ewig da», sagte Yellin. «Busse sind leichte Ziele, wenn sie bergauf fahren.»

Die Wegbeschreibung, die Asher ihnen gegeben hatte, führte sie vom Highway weg an einem trockenen Wadi entlang, zurück in die Vorberge. Es war keine Straße, nur ein lockeres Nebeneinander von Reifenspuren. Er reckte den Hals übers Lenkrad, und der Peugeot tauchte in Furchen und holperte über Steine wie eine Barkasse in kabbeligem Wasser. Er schätzte, dass sie genug Leute zum Schieben hatten, falls sie steckenblieben. Es gab keine Bäume als Deckung, nur Kakteen und Gestrüpp, und er war erleichtert, als sie endlich außer Sichtweite des Highways waren.

Während sie in die Berge hinauffuhren, stellte er sich vor, dass man Asher angehalten, die gefälschten Kennzeichen und die Minen entdeckt hatte. Ohne den zweiten Wagen müssten sie umkehren. Ohne Asher würde sich die Zelle auflösen, und Brand wäre frei, ein Feigling ohne Heimat oder Volk. War es das, was er wollte? Warum musste er so hart kämpfen, um seine schlechtesten Seiten zu überwinden?

«Ich sehe ihn», sagte Eva, und da war er, gleich hinter der Kurve.

Der Kibbuz Ramat Avraham stand wie ein kolonialer Vorposten auf einer Anhöhe, wie ein Polizeihauptquartier auf allen Seiten von Stacheldraht umgeben. Über dem Anwesen erhob sich ein glänzender neuer Wasserturm, der von einer Flagge mit dem Davidstern gekrönt war. Auf dem Laufsteg gingen zwei Männer mit Scharfschützengewehren auf und ab. Das Tor war von einem von der italienischen Armee gestohlenen Lastwagen verstellt, an dessen Segeltuchabdeckung noch die Trikolore flatterte, die auf den ersten Blick mottenzerfressen aussah, jedoch, wie sie beim Langsamerfahren erkannten, von Schüssen durchlöchert war. Auf ein Zeichen vom Laufsteg hin fuhr der Lastwagen so weit zur Seite, dass Brand vorbeischlüpfen konnte, setzte, als er durch war, wieder zurück und schloss sie ein. Innerhalb des Drahts waren die Gebäude behelfsmäßig, eine Kantine aus Segeltuch und Baracken auf groben Holzplattformen, die einen kargen Exerzierplatz umringten, und mit der panischen Angst eines Mannes, der zu lange unter Wasser war, wollte Brand nach draußen.

Im Krieg hatte er in Zelten wie diesen gelebt, stickig im Sommer und im Winter eiskalt, hatte sich seinen Strohsack mit den Ratten geteilt. Er hatte sich morgens und abends zum Appell aufgestellt und von Blechtellern gegessen, hatte das rostige Metall abgeleckt, um den letzten Klecks Haferbrei zu ergattern. Wenn jemand starb, teilten sie sein Rotkreuz-Paket auf und feierten ein Fest. Nachdem der Wächter, den sie Schnüffler nannten, Koppelman umgebracht hatte, überließ Brand seinen Anteil jemand anderem. Er war nicht länger ein Tier, ein Gelübde, das er am nächsten und am übernächsten Tag wieder brach – für den Rest seines Lebens, hatte er gedacht. Lieber würde er sterben als noch mal so zu leben.

Asher rettete ihn, indem er mit seinem Handkoffer über den Exerzierplatz schritt, als hätte er ein Taxi gerufen.

«Morgen», sagte er, beugte sich ins Fenster und lächelte allen zu. «Keine Probleme, nehme ich an.»

«Keine.»

«Gut. Wir sind ein bisschen früh dran. Fahrt zu dem Schuppen da drüben, dort treffe ich euch.»

Brand schlich im Schneckentempo hinüber, ihre Fahrt wurde von den Ausgucken auf dem Laufsteg aus verfolgt.

Er war nicht enttäuscht, sondern dankbar, nicht mehr das Sagen zu haben. Asher ließ die Operation möglich erscheinen, als könnte er sie selbst durchziehen. Für Brand ergab sie keinen Sinn. Auch wenn er Asher nicht kannte, glaubte er an ihn.

Das andere Auto war ein Rungenlastwagen mit einem offiziell aussehenden Palestine-Railways-Emblem an den Türen.

«Ist echt», bestätigte Asher, ohne es näher auszuführen. Auf der Pritsche lagen Spitzhacken und Schaufeln und zwei Schubkarren. Er hatte weiße Kaftane und Kufiyas für alle und Schminke für ihre Gesichter. Der Plan hatte sich leicht geändert. Sie würden die Gleise noch immer sprengen, doch nur an einer Stelle, und jetzt würden sie sie auch reparieren. Der Lokführer würde halten, um zu sehen, wo das Problem lag, Asher würde ins Führerhaus steigen, und schon hatten sie den Zug.

«Warum müssen wir die Gleise sprengen?», fragte Yellin. «Warum können wir nicht einfach daran arbeiten?»

«Wir *wollen* die Gleise sprengen», sagte Asher. «Wenn wir genug Zeit hätten, würden wir den Zug sprengen, aber das geht nicht.»

Eva half ihnen beim Schminken. Mit seinem Mondgesicht und der Brille gab Lipschitz einen urkomischen Araber ab. Lipschitz aus der Wüste. Fein und Yellin wären als Falafel-Verkäufer durchgegangen, Asher als Scheich. Brand sah mit seinen grünen Augen und dem blonden Haar wie ein Brandopfer aus. Das Grübchen an seinem Kinn juckte. Eva zog seine Kufiya glatt und betupfte ein letztes Mal seine Nase. Sie legte den Finger an ihre Lippen und drückte ihn dann auf seine.

«Sei vorsichtig.»

«Geht klar.»

«Hör auf Asher. Beobachte, was er tut.»

Es war Zeit. Sie ließ ihn los, und als er sich auf den Fahrersitz setzte und die Spiegel so einstellte, dass er etwas sehen konnte, fragte er sich, wie vielen Kameraden sie schon gesagt hatte, sie sollten vorsichtig sein. Spielte es eine Rolle? Er hatte noch immer ihr Kopftuch, obwohl er es nicht mehr brauchte.

Asher und Lipschitz saßen im Führerhaus, Fein und Yellin hinten auf der Pritsche bei den Werkzeugen. Asher balancierte den Koffer auf den Knien und hielt ihn mit beiden Händen fest. Sie winkten Eva zum Abschied und überquerten den Exerzierplatz. Dort musste ein wichtiges Treffen stattgefunden haben, denn die Kibbuzniks, die bisher unsichtbar gewesen waren, kamen aus dem Kantinenzelt geströmt, eine khakifarbene Masse sonnengebräunter junger Männer und Frauen, die sich mit Leib und Seele einer landwirtschaftlichen, egalitären Heimat widmeten. Brand konnte sich nicht vorstellen, hier zu leben, gefangen, ständigen Angriffen ausgesetzt. Da er seinen eigenen Kontakt mit dem Kollektivismus nur knapp überlebt hatte, teilte er ihre Ideale nicht, auch wenn er ihre Entschlossenheit bewunderte. Alle blieben stehen, um den gestohlenen Lastwagen losfahren zu sehen, sie winkten, als wünschten sie ihnen Glück, und er begriff, dass das Ashers Werk war. Allen zuliebe folgte er dem Protokoll. Jetzt, wo sie Araber waren, konnten sie sich gefahrlos sehen lassen. Sie winkten zurück, der italienische Lastwagen machte Platz, und dann waren sie außerhalb des Stacheldrahts.

Dem Rungenlastwagen gefiel die behelfsmäßige Straße

noch weniger als dem Peugeot. Wenn sie durch Schlaglöcher holperten, klapperten hinten die Schaufeln, und Fein und Yellin hielten sich an den Seiten fest wie seekranke Grünschnäbel, die sich an die Reling klammerten. In seinem letzten Arbeitslager hatte sich Brand um einen Dieselfuhrpark mit dem gleichen schwerfälligen Dreiganggetriebe gekümmert. Da er Angst hatte steckenzubleiben, blieb er im ersten Gang, während sie dem sandigen Wadi folgten, und der Motor protestierte. Auf dem Highway schaltete er hoch, und Fein und Yellin suchten hinterm Führerhaus Schutz.

Die Sonne stand höher, sie ließ die Schatten schrumpfen und bleichte das Tal. Obwohl es kalt war, flimmerten flüssige Hitzewellen über der Straße. Der ferne Rauch, den sie in der Ebene gesehen hatten, war verschwunden. Hier gab es nichts – eine Krähe, die im Staub nach irgendwas stocherte, ein Blechkreuz, das eines Steinhaufens gedachte, ein Wegweiser mit einem schartigen Pfeil, der in die Wüste deutete. Asher öffnete seinen Koffer und entfaltete eine Landkarte, die mit Kritzeleien bedeckt war. Brand war zu sehr mit dem Fahren beschäftigt, um sie lesen zu können. Zwischen ihnen saß Lipschitz mit der Maschinenpistole unter seinem Kaftan, seine Brille mit Schminke beschmiert. Woher hatte er die Sten, und hatte er sie schon mal benutzt? Brand hatte ihn neuerlich unterschätzt.

«Du brauchst nicht so schnell zu fahren», sagte Asher, und Brand trat weniger fest aufs Pedal.

«Sind wir bald da?»

«Es müsste direkt da oben sein, wenn die Karte stimmt.»

Hatte er die Kreuzung nicht inspiziert? Irgendjemand musste es getan haben, wahrscheinlich die Kibbuzniks, denn sie kannten die Gegend.

«Da», sagte Asher, und Brand drosselte das Tempo, bis er das lutscherförmige Schild mit dem Eisenbahnemblem sah. Als er vom Highway abbog, tauchte der Wagen vorn ab, und er hörte Yellin fluchen.

«Ungefähr anderthalb Kilometer», sagte Asher.

Noch bevor er die Karte wegpacken konnte, sahen sie die Gleise – vielmehr die Telefonleitungen, die daran entlangliefen und sich in beiden Richtungen bis zum Horizont erstreckten. Aus der Ferne war das Gefälle erkennbar, ein stetiger Anstieg in die Berge, doch als sie näher kamen und über die Furchen polterten, sah das Tal völlig eben aus. Die Staubwolke, die den Peugeot verraten hatte, spielte hier keine Rolle. Sie waren ein Eisenbahntrupp in einem Eisenbahn-Lastwagen, und wenn irgendwer etwas anderes vermutete, würde es schon zu spät sein.

Die Gleise lagen auf einer erhöhten Böschung, neben der ein Ziegenpfad verlief, die aufgewühlte Erde in der Mitte dunkler, die Ränder voller Hufabdrücke.

«Fahr nach links», sagte Asher. «In achthundert Metern müsste ein Durchlass kommen, der unter den Gleisen durchführt.»

Dort hielten sie und stiegen aus. Nachdem sie den ganzen Morgen gefahren waren, waren sie richtig steif. Fein stürzte, als er von der Pritsche stieg, und verlor seine Kufiya.

«Nächstes Mal fahre ich», sagte Yellin.

«Lass das Radio an.» Asher deutete auf die Berge. «Sie können uns sehen, für den Fall, dass irgendwas passiert.»

Brand blinzelte und versuchte, den Wasserturm zu entdecken, doch die Sonne schien ihm direkt in die Augen. Trotzdem winkte er Eva zu.

Asher rief sie zusammen – um den Plan durchzugehen, dachte Brand. Stattdessen ließ er sie die Waffen weglegen und zeigte ihnen, wie man die Mine gebrauchsfertig machte. Diesmal benutzten sie Plastiksprengstoff, und während sie dabei zusahen, wie er ihn in eine alte Tabaksdose packte, erinnerte sich Brand an die Highschool und kam zu dem Schluss, dass Asher Lehrer war. Er übertrug Lipschitz die Aufgabe, den Zünder zusammenzudrücken, und führte sie dann, die scharfe Mine in der Hand, zu dem Durchlass. Die zweite Lektion war, sie einzubetten – wie man die vorhandenen Materialien nutzte, um die Wucht der Explosion zu lenken. Wenn sie ein Loch unter der Schwelle gruben, würden sie nicht nur die Gleise sprengen, sondern auch den Durchlass zum Einsturz bringen, dann würde es länger dauern, alles zu reparieren.

«Überlegt, wie ihr den größten Schaden anrichten könnt», sagte Asher und reichte Fein die Schaufel.

Sie mussten warten, an der offenen Tür des Führerhauses versammelt, bis das Radio ihnen mitteilte, dass der Zug den Bahnhof in Ramla verlassen hatte. Das Codewort war Cunningham, der britische Hochkommissar, und dann kam es in den Nachrichten und löste Jubel aus.

Lipschitz erhielt die Ehre. Asher hielt die Zündschnur für ihn, während der Rest von ihnen hinter dem Lastwagen hervorspähte.

Als Lipschitz die Böschung hinunterflitzte, mussten sie lachen. Asher kam hinter ihm hergeschlendert und sah auf die Uhr. Er gesellte sich zu ihnen und zählte laut: «Vierundzwanzig, fünfundzwanzig, sechsundzwanzig ...» Als er bei dreißig ankam, verstummte er, legte den Kopf schräg und lauschte.

«Vielleicht ...», begann Yellin, wurde aber von der Detonation übertönt.

In Neapel hatte Brand mal auf dem Kai gestanden, als ein Kran sein Gegengewicht verlor. Der Kran war fünf Stockwerke hoch gewesen, das Gegengewicht hatte fünftausend Kilo gewogen, vervielfacht durch einen Flaschenzug. Im Lauf der Zeit war das geflochtene Drahtkabel gerostet, die Stränge hatten sich einer nach dem anderen aufgedröselt und waren ermüdet, bis sie plötzlich gerissen waren. Obwohl er eine Schiffslänge entfernt gewesen war, hatte es sich angefühlt wie ein Schlag auf die Brust, und er hatte minutenlang am ganzen Körper gezittert.

Das hier war keine Überraschung, ließ ihn aber dennoch zusammenzucken. Die Explosion schien lange weiterzugehen, sie rollte über die Wüste, hallte von den Bergen zurück und hinterließ in seinen Ohren ein isoliertes, schrilles Jaulen. Steine und Erdklumpen regneten ringsum herab und prallten wie Hagelkörner von der Motorhaube des Lastwagens.

«Lasst uns nachsehen», sagte Asher und winkte, um zu zeigen, dass es gefahrlos war.

Die Schienenenden waren verbogen und schwarz, das Stück dazwischen verschwunden, durch die freigesetzte Energie atomisiert. Wenn der Durchlass, wie Asher gehofft hatte, auch nicht ganz eingestürzt war, so hatte er zumindest Risse bekommen. Sie feierten und schüttelten die Köpfe, als hätten sie nicht erwartet, dass es klappen würde. Brand lachte, dachte jedoch: Das war der leichte Teil.

«Fünf Minuten», sagte Asher, und sie beeilten sich, ihre Plätze einzunehmen, schoben die leeren Schubkarren die Böschung hinauf und hoben sie auf die Gleise. Sie schaufelten sie voll Erde, eine dürftige Barrikade, lehnten sich dann auf ihre Schaufeln wie ein richtiger Arbeitstrupp, der eine Pause machte. Feins Kufiya saß schief. Yellin zupfte sie wie ein Kammerdiener gerade. Asher holte vom Lastwagen eine rote Flagge, die nicht größer war als ein Kissenbezug. Während sie im hellen Sonnenlicht standen und in die schimmernde Ferne spähten, instruierte er sie ein letztes Mal. Der Plan war, mit dem Lokführer zum Postwagen zu gehen, die Wachen zu entwaffnen und den Safe zu sprengen. Niemand steigt aus. Zeigt eure Waffen, damit sie wissen, dass ihr es ernst meint. Brand dachte: Immer mit der Ruhe. Sie mussten erst mal den Zug anhalten.

Als die Minuten verstrichen und nichts passierte, stellte Brand sich vor, dass er liegengeblieben oder entgleist war oder durch einen verrückten Zufall ihn gerade ein anderer Trupp überfiel. Dann sah er den Rauch.

Asher nickte. Alle sahen ihn.

Es war nur ein Tüpfelchen – es hätte ein Auto sein können –, das sich allmählich in einen Fleck verwandelte. Wie langsam er sich näherte, ohne Geräusch, ein dunkler Klecks rings um einen zitternden Scheinwerfer, der selbst im Sonnenlicht hell aussah. Als die Lokomotive näher kam, nahm sie Gestalt an, der schwarze Heizkessel, das offene Führerhaus und der dazugehörige Kohlentender. Aus dem Schornstein quoll Rauch, der in einer dichten Wolke über den Waggons hing, vom Seitenwind ausgedünnt wurde und eine rußige Fahne über die Wüste zog.

Zu ihren Füßen sangen die Schienen, zuerst nur leise, dann eindringlich, ein stählernes Zittern wie von einem Messer, das an einem Rad geschliffen wurde. Durch den Kaftan fasste Brand nach dem Griff seiner Pistole, um sich zu vergewissern, dass sie noch da war. Neben ihm grub Fein in die Böschung und warf eine weitere Schaufel Erde in die Schubkarre. Yellin nahm ihn sich zum Vorbild und machte dasselbe.

Sie hörten, wie die Lokomotive dröhnte, wie sie Fahrt aufnahm, um die Steigung zu schaffen, hörten, wie das rhythmische Klicken der Räder die Luft erfüllte. Inzwischen hatte der Lokführer den Lastwagen bestimmt entdeckt und fragte sich, warum sie auf den Gleisen standen, drosselte aber noch nicht das Tempo. Wie lange brauchte ein Zug, um anzuhalten?

Er näherte sich und wurde immer größer. Brand sah tagtäglich Lokomotiven im Bahnhof, doch sie waren im Ruhezustand, gezähmt. Hier, unter Volldampf, kam ihm die Kraft urgewaltig vor, ungezügelt. Der Lärm umschloss sie, war überwältigend. Brand bereitete sich darauf vor wegzurennen. Wenn die Lokomotive entgleiste, würde sie den Rest des Zuges mit sich reißen, und das ganze Ding würde seitwärts gleiten wie eine Schlange von einem Felsen.

Asher stand mitten auf den Gleisen und wedelte wie ein Signalgast, der ein anderes Schiff grüßt, mit der Flagge in langen Bögen über dem Kopf. Der Zug hielt weiter auf ihn zu, die Kolben glitten auf und ab, bis die Lokomotive endlich ein Einsehen hatte, als hätte sie seine Nachricht empfangen. Die Pfeife ließ eine schrille Warnung ertönen, die Brands Herz erschütterte, die Bremsen griffen, die Räder scharrten kreischend über die Schienen, Stahl auf Stahl, und erzeugten einen langgezogenen Ton. Die Lokomotive wurde schnaufend langsamer, rollte, bis sie direkt vor Asher aufragte, und ruckelnd mit zischendem Kessel stehen blieb.

Asher steckte die Flagge zwischen die Schwellen, ging zu der Leiter hinüber und kletterte ins Führerhaus.

Die anderen vier gruben und täuschten noch immer vor, Arbeiter zu sein. Brand horchte auf Schüsse. Er fand, Lipschitz hätte Asher begleiten sollen, aber jetzt war es zu spät. Der Zug sah aus wie ein schlafendes Tier und verströmte Dampf.

Der Lokführer stieg herab, gefolgt vom Heizer. Die Hände hinter dem Kopf verschränkt, standen sie da. Von der Leiter aus winkte Asher Lipschitz herüber. Im Laufen hielt er die Sten hoch vor der Brust. Brand, der ihn als Wissenschaftler oder Künstler abgestempelt hatte, war überrascht, wie schnell er war, obwohl es nahelag. Er war bei weitem der Jüngste von ihnen.

Asher sprang herunter und wedelte mit seiner Pistole, das Signal für sie, ihre Waffen hervorzuholen. Er hatte seine Kufiya um den Kopf gehüllt wie ein Bandit, nur seine Augen waren zu sehen.

Brand tat es ihm nach und zog seine Pistole. Fein hatte einen langläufigen Revolver wie seine Parabellum, Yellin einen vernickelten Stummelrevolver.

Asher und Lipschitz nahmen den Lokführer mit und überließen ihnen den Heizer, einen rothaarigen, rotwangigen Schotten mit gelben Nagetierzähnen. Er war dick, in geflicktem Overall, schweißüberströmt, und nahm ständig eine Hand vom Hinterkopf, um sich die Stirn abzuwischen. «Tut mir leid», sagte er und tat es dann wieder.

Sie sollten nicht reden. Yellin signalisierte ihm mit der Waffe, vor ihnen herzugehen. Brand folgte ihnen, den Finger am Abzugsbügel, damit die Pistole nicht unbeabsichtigt losging. Sie sollten ihre Waffen nur abfeuern, wenn es unbedingt notwendig war, eine Regel, an die sich Brand klammerte. Er hatte gedacht, die Waffe würde ihm ein Gefühl von Macht geben. Stattdessen verstärkte sie seine Schwäche. Würde er, wenn der Heizer wegliefe, warten, bis Yellin oder Fein ihn erschösse? Wäre das besser, als ihn selbst zu erschießen?

Wie Asher gesagt hatte, gab es nur zwei Waggons. Zu dritt hatten sie alle Türen im Schussfeld. Die meisten Fahrgäste hatten die Rollläden heruntergelassen, doch ein paar Neugierige starrten zu ihnen heraus. Yellin hatte den Heizer aufgefordert, sich flach auf den Boden zu legen, und richtete die Waffe auf seinen Rücken, und Brand musste daran denken, wie Schnüffler ihn und Koppelman gezwungen hatte, im Schnee zu kriechen, bloß damit sie nass wurden. Für Schnüffler war es ein Spiel gewesen, von dem Koppelman irgendwann genug gehabt hatte. Der kleine Deutsche hatte sie nach Lust und Laune gepeinigt. Es hätte auch Brand sein können, der an jenem Morgen auf dem Boden des Maschinensaals lag – ein Gedanke, der ihm in den Sinn kam, während er mit den übrigen Häftlingen beobachtet hatte, wie Schnüffler noch auf Koppelmans Kopf eintrampelte, als er sich längst nicht mehr rührte. Der Gedanke, dass er beobachtete, wie jemand einen anderen tötete – dass Koppelman gestorben war –, war keine Überraschung. Wichtiger war, keine Aufmerksamkeit auf sich zu ziehen, doch da Koppelman nicht mehr da war, wurde Brand schon bald zu Schnüfflers Lieblingsopfer, und sehr lange – selbst jetzt noch, wenn er ehrlich war – hatte er Koppelman daran die Schuld gegeben.

Weiter vorn hielt Asher dem Lokführer die Pistole an die Schläfe. Nach äußerst kurzen Verhandlungen glitt die Tür des Postwagens auf. Lipschitz hielt die Wachen in Schach, die ihre Thompsons herauswarfen und heruntergeklettert kamen. Sobald er ihre Waffen eingesammelt hatte und alle auf dem Boden lagen, kletterte Asher in den Wagen.

Während sie darauf warteten, dass die Sprengladung hochging, hörten sie das leise Schnurren einer Lokomotive. Fein und Yellin sahen Brand besorgt an. Es hallte ringsum und schwoll an, ein Brummen wie von einem anderen Zug, das immer lauter wurde. Das war nicht möglich – Asher hatte doch mit Sicherheit den Fahrplan überprüft –, und plötzlich zeigte Fein zum Himmel. Ein Flugzeug. Brand brauchte ein paar Sekunden, um hoch oben das dunkle Kreuz zu entdecken: keine Spitfire, losgeschickt, um sie unter Beschuss zu nehmen, sondern eine schwerfällige Transportmaschine auf dem Weg zur Küste.

Der Heizer tupfte sich die Stirn ab, und Yellin trat nach ihm.

Unter der Kufiya schwitzte Brand, sein heißer Atem im Stoff gefangen. Er beobachtete die hintere Tür des zweiten Wagens und warf verstohlene Blicke auf die Fenster. Da er schon oft Fahrgäste vom Bahnhof mitgenommen hatte, war er überzeugt, dass Soldaten an Bord waren, möglicherweise bewaffnet. Als er die Fenster nach dem Khaki der Landstreitkräfte oder dem Blau der Luftwaffe absuchte, ließ ihn das Gesicht einer Frau innehalten, das zugleich fremd und vertraut aussah, die markanten Wangenknochen und die gerade Nase einer Erbin, das helle Haar unter eine Baskenmütze gesteckt. Das Licht blendete, und er dachte, es spiele ihm einen Streich, doch auf den zweiten Blick erkannte er, dass er sich nicht täuschte. Obwohl er sie nur zweimal gesehen hatte, beide Male in einer Art Kostüm, hatte sie sich ihm wie Victor oder Gideon unauslöschlich eingeprägt. Die Frau, die mit der Hochnäsigkeit der Garbo zu ihm herausstarrte, war die Blondine vom Eden Hotel.

Er überlegte gerade, ob sie Ashers Spitzel war, als der Postwagen explodierte und gesplitterte Bretter gen Himmel flogen und die Geiseln mit Trümmern überschütteten. Er sah, wie Lipschitz seine Maschinenpistole fallen ließ, sich mit beiden Händen an die Kehle fasste, ein paar Schritte seitwärts taumelte und auf die Knie fiel.

Brand lief hinüber und hob die Sten auf, richtete sie auf den Lokführer und die Wachen, die sich mit zerfetzter Uniform aufsetzten und aus einem Dutzend Schnittwunden bluteten. Ringsum schneite loderndes Papier herab.

«Hinlegen!», rief Brand drohend, und sie gehorchten. «Hände hinter den Kopf!»

Ein Splitter von der Größe eines Steakmessers steckte in Lipschitz' Hals. Er hatte die Brille verloren, und seine Kufiya hatte sich aufgedröselt und seine Maskerade offenbart. Er sah Brand an, ohne ihn zu erkennen.

«Kannst du mich hören?»

Lipschitz nickte, als hätte er Angst zu sprechen.

Brand riss seine Finger auseinander. An der Eintrittstelle war der Splitter nicht dicker als ein Bleistift. Brand packte ihn fest und zog. Er war auf einen Blutschwall gefasst, doch es quoll nur ein Rinnsal aus der Wunde hervor. Der Splitter hatte die Halsader verfehlt. Er stillte die Blutung mit der Kufiya und forderte Lipschitz auf, sie festzuhalten.

«Ich kann nichts sehen», sagte Lipschitz.

Seine Brille lag unversehrt ein paar Schritte entfernt. Brand setzte sie ihm auf. Lipschitz sah sich benommen um, als wäre er gerade erwacht.

«Geh zurück zum Lastwagen», befahl Brand, musste ihn dann in die richtige Richtung lenken und signalisierte, dass Fein ihn übernehmen sollte.

Mit der Sprengladung musste irgendwas schiefgelaufen sein. Eine Wand des Waggons und ein Teil des Dachs waren verschwunden und gaben den Blick frei auf Überseekoffer, Packkisten und Versandkisten, die wie die Bauklötze eines Kindes gestapelt waren. Bei dem ganzen Rauch konnte er Asher nicht sehen, also drehte er sich um, hielt die Waffe auf die Geiseln gerichtet und stieg die Böschung hinauf. Der Fußboden befand sich auf Augenhöhe und war wie die Kisten völlig zersplittert. Er sah nur die Rückseite des Safes, ein lackierter Kasten, der größer war als er selbst. Drinnen hörte er ein hektisches Rascheln, als würde jemand eine Matratze voll Blätter stopfen.

«Alles in Ordnung?», rief er.

«Mir geht's gut», rief Asher.

Brand sah ihn immer noch nicht. Er ging zur anderen Seite des Loches, um einen besseren Blick zu haben, ließ die Geiseln aber nicht aus den Augen. Die Safetür stand offen.

«Brauchst du Hilfe?»

Asher spähte um die Tür herum. Er trug noch seine Kufiya. «Hier.»

Er schob eine Stofftasche über den Boden zu Brand und kam dann selbst, mit einer weiteren über der Schulter. Wie durch ein Wunder war er unversehrt, sein Kaftan makellos.

«Wo ist Lipschitz?»

«Er hat einen Splitter abgekriegt.» Brand deutete mit der Pistole auf die Geiseln. «Was fangen wir mit denen an?»

«Die lassen wir zurück. Komm.»

Die Tasche war schwer und stieß beim Laufen gegen seinen Rücken. Es war weiter, als er es in Erinnerung hatte. Als sie an den Waggons vorbeiliefen, spürte er, dass die Blondine ihn beobachtete. Eva verfolgte vermutlich alles mit dem Feldstecher. Überall Beobachter. Fein und Yellin gaben ihnen Deckung und zogen sich dann zurück.

Lipschitz saß im Lastwagen und hörte Radio. Es war keine Botschaft durchgegeben worden. Brand legte den Gang ein, sie ließen die Schubkarren und Schaufeln zurück und fuhren in Richtung Highway. Die Taschen lagen vor Ashers Füßen. Sie hatten keinen einzigen Schuss abgefeuert, nur einen Eisenbahnwagen im Dienste Seiner Majestät in die Luft gesprengt.

Brand spürte die Versuchung, aufs Gas zu treten, aber weil Fein und Yellin hinten saßen, fuhr er vorsichtig.

«Danke», sagte Lipschitz, als sie auf der Hauptstraße waren. «Ich dachte, ich würde sterben.»

«Hab ich auch gedacht.»

«Was ist passiert?», fragte Asher, und Lipschitz erzählte es ihm und ließ anklingen, dass er sein Leben Brand zu verdanken hatte.

«Du hast uns gerettet», sagte Asher.

«Würde ich so nicht sagen.»

«Doch», sagte Lipschitz.

Im Kibbuz pflichteten Fein und Yellin ihm bei, Brand war der Held.

«Du hättest ihn sehen sollen», sagte Fein zu Eva, während sie ihnen die Schminke abwischte.

«Hab ich doch», sagte sie.

Die Beute betrug achtundzwanzigtausend Pfund. Das Geld passte gerade so in das Fach. Asher würde zurückbleiben und den Lastwagen beseitigen. Er verabschiedete sie in dem Schuppen und beugte sich wie am Morgen ins Fenster des Peugeot.

«Gut gemacht, Leute. Jossi, gute Arbeit.» Er drückte Brands Arm und trat zurück.

Als er später neben der schlafenden Eva den Tag noch mal durchging, war es jener Moment, zu dem er zurückkehrte, nicht die Entscheidung, seinen Posten zu verlassen und Lipschitz zu helfen. Das war ein Reflex gewesen. Jeder andere hätte dasselbe getan, bis auf den Brand, der behauptet hatte, Koppelmans Freund zu sein, und ihn dann sterben ließ. Die Lager hatten einen egoistischen, argwöhnischen Menschen aus ihm gemacht. Dass jetzt jemand Gutes über ihn dachte, war ihm unangenehm, weil er die Wahrheit kannte. Er war nach Jerusalem gekommen, um sich zu ändern, sich zu bessern. Als sei es ein Grund zur Hoffnung, dass Eva ihm ihr Kopftuch gab, dass Asher seinen Arm drückte. Nachdem er so lange ein Tier gewesen war, glaubte er nicht, je wieder ein Mensch sein zu können, doch wenn sie an ihn glaubten, war es vielleicht möglich.

Die andere Erinnerung, auf die er zurückkam, war der Moment, als er die Sten aufgehoben und den Geiseln befohlen hatte, sich auf den Boden zu legen. Hände hinter den Kopf, hatte er gesagt, als wäre das ganz natürlich. Sobald die Worte heraus waren, hatte er gewusst, wo sie herkamen. Er hatte sie hervorgebellt, eher Drohung als Befehl. Der vertraute Tonfall schockierte Brand wie ein aufwallender Lieblingsausdruck seiner Mutter, und hinter dem Maschinengewehr wie auch jetzt im Bett, bei der Erinnerung daran, war er zusammengezuckt. Ob Zufall oder nicht, es erschien ihm falsch, dass er in seinem heldenhaftesten Augenblick genau wie Schnüffler klang.

6 Er dachte, sie hätten sich bei dem Zugüberfall bewährt, doch Asher hatte wochenlang keine Operation für sie. Radiostille, Radio Kairo. Der Winter war vorbei, die Wüste begann zu blühen. Der Friedhof duftete nach Jasmin und Lavendel. Brand räumte seinen Pullover weg und ließ sein Fenster den ganzen Tag offen. Statt auf Missionen zu gehen, fuhr er den Peugeot und hörte sich in den Nachrichten an, dass andere Zellen das Elektrizitätswerk, das Zentralgefängnis und eines Nachts, als er nur ein paar Straßen entfernt war und deshalb in eine Straßensperre geriet, den palästinensischen Rundfunksender am Queen Melisande's Way überfielen, was zahlreiche Opfer forderte. Er war zugleich erzürnt über die Verluste und neidisch auf ihren Wagemut.

Da sie alles überlebt hatten, was bei dem Zugüberfall schiefgelaufen war, und mit der Beute davongekommen waren, sah er das Ganze inzwischen als großen Erfolg an. Er hatte vergessen, was für ein Gefühl es gewesen war, das Flugzeug zu hören, das eine Spitfire hätte sein können (war es nicht), und zu sehen, wie Lipschitz seinen Hals umklammerte und vornüber stürzte, als sei er tot (war er nicht). Er wusste nichts über die Rundfunk-Operation außer Gerüchten, die in der Warteschlange erzählt wurden, doch mit dem Stolz des Siegestrunkenen war er überzeugt, dass sie es hätten besser machen können.

Eva hatte einen neuen Mittagskunden im King David. Er war im Wirtschaftsministerium, Jude und verheiratet, ein leichtes Ziel. Ein seltsamer Fall, sagte Eva. Ganz sorgfältig hänge er Krawatte, Jackett und Hose auf, stecke die Socken und Sockenhalter in seine Schuhe und schließe die Schranktür, als wolle er sie beschützen, und dennoch trage er die ganze Zeit sein Unterhemd und seine Shorts. In letzter Zeit hatte sie die Gewohnheit, ihre Kunden schlechtzumachen – vermutlich aus Loyalität. Er wünschte, sie würde nichts sagen. Er stellte sich schon zu vieles vor.

Während er auf sie wartete, fiel ihm das Kommen und Gehen im Sekretariat auf. Das Hotel hatte drei Restaurants und zwei Bars, und mittags war ziemlich viel los. Die Büroangestellten, Stenographinnen und Telefonistinnen brachten ihr eigenes Essen mit, füllten die Korbstühle auf der hinteren Terrasse und die Bänke des Rosengartens und aßen vom Schoß Sandwiches oder Speisereste, doch der Hauptspeisesaal, der Grillraum und der arabische Salon waren kunstvoll geschmückte Bühnen, auf denen sich Strippenzieher von Tripolis bis Teheran auf neutralem Boden trafen, um bei rosa Gin und blutigen Filets Geschäfte abzuschließen. Brand erkannte sie an ihren Autos. Hier, inmitten der gepanzerten Humber des Oberkommandos und der schnittigen Limousinen der Magnaten würde der Daimler der Blondine gar nicht auffallen. Die Einfahrt war von stattlichen Vorkriegs-Bugatti und brandneuen, mit Ölgeld gekauften Rolls gesäumt. Er hatte gesehen, wie Montgomerys ehemaliger Stellvertreter und König Faisal vom Irak, die

Köpfe gesenkt, wie Liebende Hand in Hand gingen und politische Geschäfte besprachen, wie Clark Gable auf dem Weg nach Indien haltmachte und der große Heifetz kam, um ein Benefizkonzert für den Jüdischen Nationalfonds zu geben. Einmal, als Brand gerade die *Post* las, war der Hochkommissar knapp einen Meter vor seiner Stoßstange vorbeigegangen. Wie die Kellner und Zigarettenverkäuferinnen im Kilimanjaro kannten die Portiers und Hoteldiener Eva und bald auch den Peugeot. Sie brauchten bloß den Kofferraum voll TNT zu packen, einen Zeitzünder einzustellen und zum Hinterausgang hinauszuschlüpfen.

Überall gab es Ziele, günstige Möglichkeiten. Die Militärgerichte, das YMCA, der Bahnhof. Stattdessen fuhr er mit seinen nichtsahnenden Fahrgästen die Tour der sieben Tore und empfahl ihnen den Orangensaftstand, der Scheibs Cousin gehörte.

Mit ihrem Anteil des Geldes hätten er und Eva überallhin gehen und noch mal neu anfangen können.

«Ich musste kämpfen, um herzukommen», sagte sie. «Ich muss kämpfen, um hierzubleiben. Warum sollte ich jetzt aufgeben?»

Sie hatten sowieso nichts zu melden. Das Geld ging in einer Ladung Kali nach Tel Aviv. Brand wusste, dass sie recht hatte, aber wenn er in der Schlange vor dem King David stand, träumte er manchmal von einem Haus im Wald wie der Datscha seines Großvaters, mit einer gemauerten Feuerstelle und einem strohgedeckten Schuppen im Garten, in dem er Vogelhäuschen zusammenschustern konnte. Der rührselige Brand, Erbe der Romantiker, Liebhaber von Glühwürmchen und weißen Nächten. Warum wollte er plötzlich alles in die Luft sprengen?

Andere taten es. Die Radarstation in der Nähe von Caesarea, wo die *Eastern Star* angelegt hatte. Das Öllager bei Tulkarm. Achtzehn Maschinen der Royal Air Force auf drei verschiedenen Flugplätzen. Allein im Peugeot, lauschte Brand den Schadensmeldungen von diesen Operationen mit unverhülltem Neid, als wären sie ihm zuerst eingefallen.

Eva feierte die Bombenanschläge, hasste aber die Ausgangssperren, die zwangsläufig folgten. Wie Mrs. Ohanesian beklagte sie sich über Hamsterer und hortete unterdessen selbst genügend Lebensmittel, Zigaretten und Cognac, um sich einen Monat lang verkriechen zu können. Brand bewahrte nicht viel in seiner Wohnung auf und hatte einmal nichts anderes zu essen als Sardinen und alte Salzcracker. Die Bombenanschläge hatten auch zur Folge, dass er öfter angehalten, der Wagen gründlicher durchsucht wurde, doch dann blieb wochenlang alles ruhig, und die Tommys notierten bloß seine Plakettennummer und winkten ihn durch.

Jerusalem im Frühling. Die Mauern der Altstadt waren nicht golden, sondern hatten die Farbe von reifem Weizen. Behaarter Ysop wuchs aus den Fugen, gesprenkelt mit winzigen weißen Blüten. Der Himmel erinnerte Brand an die Ostsee im Sommer, an ihre blaue Endlosigkeit, daran, wie er mit Giggi am Strand Sandburgen gebaut und Treibholz für das nächtliche Feuer gesammelt hatte, als wäre es ein Spiel. Bei diesem Wetter fiel es ihm schwer, sich daran zu erinnern, dass sie sich im Krieg befanden. In Rehavia blühten die Mandelbäume. Die Cafés stellten ihre Tische nach draußen, und abends war der Zionsplatz voller Studenten. Brand sah sich mit Eva *Caesar und Cleopatra* an, der sie zum Weinen, und *Jagd im Nebel*, der sie zum Lachen brachte. Sie liebte Vivien Leigh. Bacall war keine Schauspielerin, so wie sie den Kopf hielt, konnte jeder sehen, dass sie ein Mannequin war. Wieder in Evas Wohnung, nahmen sie unterm Sternenhimmel in dem kleinen Dachgarten einen Schlummertrunk, während im anderen Zimmer Benny Goodman dudelte, und schliefen dann bei offenem Fenster. Mitten im Traum, in dem er durch die Straßen von Riga ging, erwachte er von schwermütigem Gebell – ein einsamer Hund, dachte er, doch dann stimmte ein weiterer ein und noch einer, eine ganze Meute. Vor dem Dungtor, im Hinnomtal, jagten die Schakale.

Eines Abends kamen sie zurück, nachdem sie sich *Das letzte Wochenende* angesehen hatten, als plötzlich die Sirene für die Ausgangssperre ihre plärrende Warnung ertönen ließ. In der Agrippas Street flitzten die Leute davon, als wäre es ein Luftangriff. Brand schaltete das Radio ein, aber es kam nichts. Wenn sie am Zionstor ankämen, würden alle kontrolliert werden, und statt das Risiko einzugehen, schlug er vor, dass sie bei ihm übernachteten.

«Wenn es dir nichts ausmacht.»

«Ist dann deine Vermieterin nicht schockiert?»

«Nein», sagte Brand, auch wenn Mrs. Ohanesian Jazz und fremde Stimmen am Telefon tatsächlich schockierend fand.

«Ich hab mich schon gefragt, warum ich deine Wohnung nie zu sehen bekomme. So schlimm kann sie doch nicht sein.»

«Es ist ein Zimmer. Macht nicht viel her.»

«Ich wette, es ist makellos.»

«Schwerlich.» Obwohl es sauber war, befürchtete er, sie würde es als kahl empfinden, als Unterschlupf eines traurigen Junggesellen.

Als sie hielten, sahen sie, dass Mrs. Ohanesians Erkerfenster erleuchtet war. Sie würden sich durchmogeln müssen – eine weitere Operation, die sie nicht geplant hatten. Auf der Veranda öffnete Brand behutsam die Tür, ließ Eva vorgehen und schirmte sie von hinten ab, doch ihre Schritte ließen sich nicht verschleiern, und sobald sie in seinem Zimmer waren, befand sich Mrs. Ohanesian direkt unter ihnen. Er war überzeugt, dass er schon bald etwas darüber zu hören bekäme.

Eva blieb direkt hinter der Schwelle stehen, als würde sie auf ihn warten. Statt die an der Decke hängende, nackte Glühbirne einzuschalten und seine leeren Wände zum Vorschein zu bringen, schlurfte er zum Kopfende seines Bettes und tastete nach dem Radio, sodass die Musik und das weiche orangefarbene Licht der Skala das Zimmer erfüllten. Sie trat ans offene Fenster und blickte auf den Friedhof hinab. Trotz der Ausgangssperre würden dort einige Paare sein, und er schloss das Fenster, als ob es zu windig wäre.

«Tee oder Scotch?»

«Tee, bitte. Ist sehr gemütlich.»

«Ich hab dir ja gesagt, es ist nichts Besonderes.» Er entzündete den Primuskocher und bot ihr seinen einzigen Stuhl an. Der Song, der gerade lief, war opulent, mit Streichern und einer leisen, rauchigen Klarinette. Eine traurige Billie Holiday schnarrte. *Yesterdays. Yesterdays. Days I knew as happy, sweet, sequestered days.* Eva hatte angefangen, ihr Haar wie Veronica Lake zu tragen, ein dunkler Vorhang, der eine Seite ihres Gesichts verbarg, und die Beleuchtung war freundlich. So musste sie früher ausgesehen haben, und ehe er den Gedanken verscheuchen konnte, beugte sie sich vor, küsste ihn innig und blieb dicht vor ihm, nachdem sie die Lippen voneinander gelöst hatten.

«Normalerweise betrete ich keine Zimmer von Männern.»

«Nein?»

«Nein. Sie kommen zu mir. Dein Zimmer gefällt mir. Es ist wie du.»

«Wieso?»

«Es ist ehrlich.»

Er wusste nicht genau, ob das stimmte oder was sie damit sagen wollte, doch ihre Lippen berührten fast sein Ohr, ihr warmer Atem kitzelte seinen Hals, und er hütete sich zu streiten. Sie küsste ihn und drehte sich um, um den Kocher auszuschalten, was ihm recht war. Er wollte sowieso keinen Tee.

Katja würde später zu ihm kommen, nicht als Engel, sondern als Erinnerung – ein Tag am selben Strand, an dem er und Giggi als Kinder jeden Sommer den Urlaub mit der Familie verbracht hatten. Katja und er lagen da und ließen die Sonne in ihre Haut dringen, während die Wellen sich schäumend brachen und die Unterströmung die Kiesel zurücksog. Sie warfen ihre Handtücher über die Schulter und gingen Hand in Hand zu dem Sommerhaus zurück, in dem sich die aufgequollenen Türen nicht schließen ließen und sie, obwohl sie verheiratet waren, warten mussten, bis das ganze Haus schlief, um sich einander hinzugeben. Wie Giggi am Strand war ihm auch diese Erinnerung ungewollt in den Sinn gekommen. Die Bedeutung war Brand nicht klar. Vielleicht waren jene müßigen Stunden, in denen er neben ihr gelegen hatte, die glücklichsten seines Lebens gewesen. Was war das hier dann? Wie immer war das Problem, dass er noch am Leben war.

Am Morgen erfuhren sie den Grund für die Ausgangssperre. Dreißig Irgun-Kämpfer hatten, als Soldaten verkleidet, einen Armeelastwagen gestohlen, hatten sich auf dem

Hauptstützpunkt in Sarafand eingeschmuggelt und den Wagen mit Waffen aus dem Arsenal vollgepackt, bevor die Briten begriffen, was vor sich ging. Es war ihnen gelungen, mit dem Lastwagen zu entkommen, doch bei einem Feuergefecht waren zwei von ihnen schwer verletzt worden. Zwei Rettungssanitäterinnen wollten sie gerade zu einem Unterschlupf in Tel Aviv bringen, als sie von einem Panzerwagen angehalten wurden. Die vier wurden wegen eines Staatsschutzdelikts angeklagt. Auf die Männer wartete bestimmt die Todesstrafe.

Beide kannten die Namen nicht, aber woher auch? Er musste ihre Fotos in der *Post* sehen.

Ausnahmsweise war Brand nicht neidisch. Bei der Fahrt mit Gideon hätte ihm dasselbe zustoßen können. Es hätte ihn erwischen können statt Koppelman. Er hatte es inzwischen begriffen: Vieles im Leben war einfach Glück.

«Du weißt, dass sie das nicht zulassen», sagte Eva.

«Wie wollen sie es verhindern?»

«Weiß ich nicht, aber es wird passieren. Der Alte lässt sich schon irgendwas einfallen.»

Sie meinte Begin, den führenden Kopf der Irgun, der die Revolution aus einer Gartenwohnung in Tel Aviv lenkte. Zu bedeutend, um das Abfeuern einer Waffe zu riskieren, schloss er Waffengeschäfte mit den Tschechen ab, ordnete Attentate an, und seine junge Ehefrau schmuggelte seine Anweisungen in einem Kinderwagen nach draußen. Er hatte die Jagdzeit überlebt, als die Hagana und die Briten zusammengearbeitet hatten. Jetzt war er wohl oder übel ihr Anführer. Eva hatte recht. Seine Regel war einfach, der Bibel entlehnt. Auge um Auge – ein Preis, den die zivilisierten Briten nicht zu zahlen bereit waren.

Die Ausgangssperre wurde aufgehoben, sie durften wieder fahren, trödelten aber vor ihrem Tee, als würde Eva nie wieder hier sein. Bei Tageslicht sah das Zimmer so karg wie eine Mönchszelle aus, seine paar Habseligkeiten – jämmerlich. Er wünschte, er hätte etwas an die Wände gehängt.

«Wie lebt es sich ohne Spiegel?»

«Im Bad ist einer.»

«Das hab ich nicht gemeint.»

«Ich weiß, wie ich aussehe.»

Sie fand, dass er Vorhänge gebrauchen könnte. Er sagte nicht, dass die Jalousien ausreichten. Bevor sie gingen, öffnete er das Fenster. Unten auf einer Gruft lag wie als Opfergabe eine Khaki-Unterhose.

Auf der Treppe und beim Schließen der Tür waren sie vorsichtig und kamen unbehelligt davon, doch als er zurücksetzte, trat Mrs. Ohanesian auf die Veranda heraus und stand mit verschränkten Armen da, als wollte sie sie verabschieden. Brand winkte gutnachbarlich. Mrs. Ohanesian nicht.

«Ich würde sagen, sie ist ziemlich schockiert», sagte Eva.

«Sie kommt drüber weg», sagte Brand mit einer Unerschrockenheit, die ihn überraschte. Ein einziger Überfall, und schon verwandelte er sich in einen Gangster.

Im Viertel brachte er sie bis an die Tür, als wäre es ein Rendezvous. Ihr mittäglicher Kunde war erst morgen dran, also hatte sie den Tag frei. Er musste fahren.

«Wie wär's mit heute Abend?», fragte er.

«Soll das ein Angebot sein?»

«Schätze schon.»

Wegen des Sarafand-Überfalls wurde an den Kontrollposten alles durchsucht, und es herrschte wieder Ausgangssperre, ein Vorwand, um über Nacht zu bleiben, Cognac zu trinken und von ihrem Dachgarten aus in die Sterne zu schauen. Wenn er angetrunken war, bewunderte er ihre blühenden Weinreben und eingetopften Geranien und kam zu dem Schluss, dass er eine Pflanze brauchte – ein Gedanke, der ihr gefiel. Sie würden gemeinsam etwas aussuchen, etwas, das zu ihm passte; sie wusste genau, wo sie hinmussten. Am nächsten Morgen konnten sich beide daran erinnern, doch sie mussten arbeiten und verschoben es aufs Wochenende – Schuschan Purim, ein außerordentlicher Feiertag, weil Jerusalem wie die persische Hauptstadt eine befestigte Stadt war. Die Straßen wimmelten von ausgelassenen Kostümierten, die ihren Freunden Hamantaschen und kandierte Mandeln brachten, von Studenten mit blauen Schachteln, die von Haus zu Haus gingen und für den Nationalfonds sammelten. Brand und Eva schlossen sich dem Umzug an, und am Ende des Abends stand es außer Frage, wo sie schlafen würden. Ihre Wohnung war gleich um die Ecke, sie hatte ein Doppelbett, und es gab keine neugierige Vermieterin, die beobachtete, wie sie kamen und gingen.

Auch wenn sie es nie zugeben würde, es war sie, nicht Mrs. Ohanesian, die schockiert war. Obwohl Eva ihm schließlich half, einen blühenden Weihnachtskaktus auszusuchen – ihr gemeinsamer kleiner Witz –, bekam sie nie den Ehrenplatz zu sehen, den er ihm neben dem Radio auf seinem Nachttisch gab, und obschon er mit Freuden einen Spiegel und Vorhänge für sie aufgehängt hätte, bestand kein Grund dazu, und sein Zimmer blieb genau wie damals, als er lediglich mit seinem Seesack eingezogen war. Wenn abends ein Billie-Holiday-Song lief, erinnerte er sich manchmal an ihren Besuch, als wäre das Ganze ein Traum gewesen. Dort war der Stuhl, auf dem sie gesessen hatte. Hier das Kissen, auf das sie ihren Kopf gelegt hatte. Es war nutzlos, wie der Versuch, sich an die Stimme seiner Mutter oder an jenen Nachmittag mit Katja zu erinnern, und doch kam er immer wieder darauf zurück, manchmal sogar, wenn er mit ihr zusammen war, was ihn sein Glück in Frage stellen ließ.

Mit der Sonne kamen auch die Touristen zurück, und die Tage zogen sich in die Länge, ein Schnappschuss nach dem anderen. Trotz all seiner Wunder war Jerusalem klein. Noch vor wenigen Monaten hatte ihn die Aussicht vom Ölberg – die reale Version der Lithographie seiner Mutter – begeistert. Doch jetzt lehnte er am Kotflügel und blies Rauchringe zum Felsendom. Auf der anderen Seite der Altstadt, rosig in einem Meer von Weiß, stand das King David. In diesem Augenblick nippte der Mann vielleicht an seinem Kaffee und blickte aus dem Fenster auf ihn hinunter. Brand stellte sich vor, wie er den ganzen Morgen auf die Uhr schaute und die Minuten zählte, und dann, weil sie pünktlich war, immer professionell, die köstliche Panik zu wissen, dass sie durchs Foyer ging und in den Aufzug stieg, ihre Seidenunterwäsche glatt unter der Kleidung. Der Mann musste seinen Kollegen in den Fluren ausweichen, wegen des Lichts die Jalousien herunterlassen. Wie teuer war das Zimmer, und wie hielt er die Sache vor seiner Frau geheim? Die zusammengerollten Socken und die Sockenhalter. Brand war zugleich eifersüchtig und spöttisch-überheblich. Doch jeden Montag war er es, der sein Mittagessen im Auto verzehrte und darauf wartete, dass der Kerl fertig wurde.

Der *Post* zufolge waren die beiden Häftlinge Helden, Märtyrer im Dienst der Sache. Auf den Handzetteln der Irgun stand, wenn die Briten ihr Vorhaben durchzögen, würden sie das Todesurteil über ihre eigenen Truppen sprechen. Ein Leben für ein Leben.

Um dabei zu helfen, die faschistisch-nazistischen britischen Unterdrücker zu stürzen, wusch Brand sein Auto. Auf dem Schwarz war der Staub zu sehen, und bei der Hitze begann das Zeug im Kofferraum zu stinken. In der Einfahrt spritzte er unter Mrs. Ohanesians bösem Blick Wachs auf den Wagen und rieb es mit einem Lederhandschuh, den Pincus ihm geliehen hatte, so lange ein, bis er sein Gesicht sehen konnte. Einen Tag später war der Staub wieder da. Wenigstens war der Kofferraum sauber.

Er fuhr Griechen zur Griechischen Kolonie, Amerikaner zur Amerikanischen Kolonie und Russen zum Russischen Viertel. Er schleppte Gepäck und machte Geldscheine klein, verkaufte Filmrollen und zählte sein Trinkgeld. Die Touristen erschöpften ihn. Wo Jesus begraben sei? Wer die besten Ruinen habe?

Gerade als er sich mit der Plackerei abgefunden hatte, tauchte Asher wieder auf.

«Ein Anruf für Sie», sagte Mrs. Ohanesian. Zuerst dachte Brand, es wäre Eva, denn Mrs. Ohanesian schloss ihre Tür, als wollte sie ihn nicht stören.

«Hier spricht Mr. Lipschitz», sagte Asher. «Ich habe morgen früh einen Arzttermin im britischen Krankenhaus und brauche ein Taxi. Können Sie mich um halb zehn abholen?»

Brand kannte das Codewort nicht, spielte aber mit. «Natürlich. Wo wohnen Sie?»

Die Strauss Street ging von der Street of the Prophets ab und war höchsten fünf Minuten vom Krankenhaus entfernt, und nachdem er aufgelegt und Mrs. Ohanesian sich an ihr Klavier zurückgezogen hatte, stieg er die Treppe hinauf, kaute an der Innenseite seiner Wange und fragte sich, was das Ganze bedeutete.

Die Finte wurde am nächsten Morgen noch unverständlicher, als nicht Asher, sondern Lipschitz vor dem Strauss Health Center mit einem weißen Verband am Hals und einer Aktenmappe in der Hand auf ihn wartete. Er war wie immer in Schwarz gekleidet, und Brand stellte ihn sich lächelnd im Kaftan vor.

Wie ein Rabbi ließ er im Wagen den Hut auf.

«Was machen wir?», fragte Brand.

«Ich habe einen Arzttermin.» Er zeigte auf seinen Hals.

«Wie sieht's aus?»

Lipschitz zuckte mit den Schultern. «Könnte schlimmer sein. Fahr zum Eingang der Notaufnahme.»

Am Fuß der Einfahrt war unerwarteterweise ein Kontrollposten, samt Jeep und Panzerwagen. Zwei Tommys schoben ein Stacheldrahtgewirr zur Seite, um einen Krankenwagen durchzulassen. Plötzlich ergab alles einen Sinn. Die Häftlinge waren dort.

«Warum hast du's mir nicht gesagt?»

«Ich dachte, du wüsstest es.»

«Woher sollte ich es wissen?», fragte Brand. «Niemand erzählt mir was.»

«Ist schon okay», sagte Lipschitz und hielt die Mappe hoch. «Ich hab einen Termin.»

«Einen realen.»

«Sag ich doch.»

Er war real, unabweisbar wie Brands Plakette. Nach einer flüchtigen Überprüfung gab der Soldat Lipschitz seine Mappe zurück und schob den Stacheldraht zur Seite. Brand wollte hinter dem Krankenwagen hineinfahren, doch ein arabischer Polizist hielt ihn an.

«Sir, Sie können hier leider nicht halten.»

«Ich setze bloß einen Patienten ab.»

«Bitte, Sir. Sie können ihn gern da unten rauslassen. Das hier ist nur für Notfälle.»

«Danke», sagte Brand höflich nickend und fuhr weiter.

Kurz darauf, nachdem Lipschitz hineingegangen war, vertrieb ihn der Polizist ein weiteres Mal. Sie müssten diesen Bereich freihalten. Er könne gern weiter unten warten.

«Danke», sagte Brand.

Als Jossi fand er ein grausames Vergnügen darin, den Unschuldigen zu spielen. Er hätte drei Meter vorfahren und wieder halten können, rollte aber zum tiefsten Punkt der Einfahrt, wo er den Zugang und die gesamten Türen überblicken konnte. Die Einfahrt war ein sanfter Halbkreis mit Einbahnverkehr, sodass es auf dieser Seite keinen Kontrollposten gab. Ein Lastwagen, der auf der falschen Seite fuhr, konnte, ohne das Tempo zu drosseln, mit einer Ladung Sprengstoff durch den Haupteingang preschen.

«Das wäre nützlich», sagte Lipschitz bei seiner Rückkehr, «wenn wir das Krankenhaus in die Luft jagen wollten, aber darum geht es nicht.»

«Wir könnten es als Ablenkungsmanöver tun.»

«Um jeden Soldaten hier in der Stadt abzulenken.» Er kritzelte eine Skizze auf einen gelben Schreibblock und blätterte, ohne aufzuschauen, die Seiten um.

«Ich dachte bloß, ich sag's mal.»

«Danke. Können wir jetzt mal ein paar Minuten still sein? Ich muss mir das hier merken.»

Eva hielt es für einen Selbstmordauftrag. Die Häftlinge

seien ein Köder. Ob Lipschitz sie gesehen habe? Vielleicht seien sie gar nicht da. Und überhaupt, eine Operation wie diese entspräche genau der Irgun. Sie hätten Lipschitz bloß benutzt, weil er so perfekt zu der Rolle passe.

Am liebsten hätte Brand gesagt, dass sie auch ihn benutzt hatten, mit allem, was das einschloss, aber eigentlich war es Asher gewesen.

Vielleicht hatte sie recht, denn statt ein Treffen einzuberufen, verschwand Asher wieder.

Da nichts seine Zeit in Anspruch nahm, plante Brand seine eigene Befreiungsaktion. Sie würde spätnachts stattfinden, eine kleine Operation, ruhig, ein Insider-Job. Sogar dann war das Krankenhaus voller Personal. Die Pfleger konnte man bezahlen oder erpressen, damit sie die richtigen Türen offenließen. Ein paar aus der Wäscherei gestohlene Uniformen und Namensschilder, eine Schale mit Spritzen, die im Schwesternzimmer wartete. Ein Schlafmittel in den Kaffee der Wachen mischen und sie mit den Häftlingen austauschen, dann die Häftlinge durch die Leichenhalle zu einem wartenden Bestattungswagen hinausbringen. Am Morgen wären sie schon bei Begin in Tel Aviv.

Lipschitz hatte Grundrisse gezeichnet. Flure und Behandlungszimmer, die Lage der Aufzüge. Während Brand Fahrgäste in der Stadt herumfuhr, stellte er sich vor, wie er mit einer Sten ein Treppenhaus hinaufschlich. Hinter ihm, lautlos wie Meuchelmörder, kamen Lipschitz, Fein und Yellin in schwarzer Theaterschminke, gekleidet wie die Françaises libres. Brand erkannte die Absurdität der Szene, etwas aus einem Kriegsfilm. Und ihm entging auch nicht, dass er in seinen Tagträumen Asher war.

An jenem Sonntag sah er die Blondine wieder, als sie

gerade eine Spendenveranstaltung für das Rockefeller Museum am Arm eines Luftwaffencolonel verließ, der ihr in den Daimler half, dem Hoteldiener ein Trinkgeld gab und sich dann hinters Lenkrad setzte. Er war kräftig und blond und besaß dieselbe wohlgenährte Aura von Gesundheit und Privilegien. Aus der Ferne hätte man sie für Geschwister halten können. Konnte sie Amerikanerin sein? Er hatte sie als Blaublüterin betrachtet, als Reitsportlerin und Abenteurerin, nicht als Industriellentochter. Er stand zwei Autos hinter ihnen in der Schlange, eingezwängt von einer Reihe berittener Polizisten, deshalb konnte er ihnen nicht folgen. Auf den Stufen warteten die Rockefeller-Förderer in Gesellschaftskleidung unter einem weißen Vordach aus Musselin, das als Sonnenschutz dienen sollte. Die meisten hatten ihre eigenen Limousinen, und als der Hoteldiener nach ihm winkte, war der Daimler längst weg.

Zufällig waren seine Fahrgäste Amerikaner, ein älteres Paar, das schon tatterig zu sein schien, aber, wie Brand bald merkte, bloß zu viel getrunken hatte. Der Hoteldiener half der Frau, ihr Bein hineinzubekommen, schloss die Tür, kam dann um den Wagen herum und nannte Brand die Adresse: das Palace Hotel, neben dem amerikanischen Konsulat. Sie sahen nicht aus, als gehörten sie zum diplomatischen Korps.

«Mein Gott», sagte der Mann, «ich dachte schon, wir kämen da gar nicht mehr weg.»

«Ist nicht meine Schuld», sagte die Frau. «Kitty hat gesagt, es würde Spaß machen.»

«Spaß», sagte der Mann, als wäre es ein Fluch.

«Mir haben die Oliven geschmeckt.»

«Die waren gut», gab er zu. «Und diese kleinen Käsedinger.»

«Die Kanapees. Ich weiß immer noch nicht, wohin wir zum Abendessen gehen.»

«Ich hab gar keinen Hunger.»

«Kommt schon noch.»

«Frag doch den Fahrer.»

«Ja, Ma'am?», sagte Jossi.

«Wir suchen ein nettes Restaurant, etwas Bodenständiges, nicht zu teuer.»

Pincus hatte ihm beigebracht, die Amerikaner zu Fink's zu schicken. Sie schienen damit zufrieden zu sein.

«Entschuldigung», sagte Jossi. «Sind Sie Amerikaner?»

«Ja», sagte der Mann interessiert.

«Im Museum war ein amerikanischer Offizier. Mein Freund und ich, wir haben gewettet. Die Dame, mit der er da war, ich hab gesagt, sie ist ein berühmter Filmstar. Blond, wie Veronica Lake.»

«Ein Filmstar? Das glaube ich nicht.»

«Er meint die kleine Rothschild», sagte die Frau. «Hochgewachsen, schlank? Sie hat den Sohn des Barons geheiratet. Sie wissen schon, den mit dem seltsamen Auge.»

«Sie ist nicht berühmt», sagte der Mann.

«Tut mir leid», sagte die Frau. «Hoffentlich haben Sie nicht viel gesetzt.»

«Danke», sagte Jossi.

Es war kein Geheimnis, dass die Rothschilds mit der Jüdischen Vertretung in Verbindung standen, und die Jüdische Vertretung mit der Hagana. Das Rätsel war, warum sie mit Asher zusammen war. Vielleicht war er wie bei Brand ihre Kontaktperson.

«Sie ist sehr hübsch», sagte Eva. «Und Asher kann sehr charmant sein.»

Brand wollte glauben, dass Asher sein Urteil nicht von seinen Gefühlen beeinflussen ließ, doch warum sollte ausgerechnet er eine Ausnahme sein? Würde Brand sich streng ans Protokoll halten, hätte er nichts zu Eva gesagt. Er konnte auch nicht zu Asher gehen. Seit er die Blondine zum ersten Mal gesehen hatte, dachte er, ihren Namen zu kennen, würde ihn beruhigen. Doch inzwischen begriff er, was für eine große Erschwernis sie sein könnte. Der Name war zu gewaltig, wie ein Geheimnis, das zu groß ist, um es zu wahren, und er hatte es am Hals.

Am Montag wartete er am King David und rechnete fast damit, den Daimler zu sehen. Hinter seiner *Post* hervorspähend, prägte er sich die verschiedenen Zugänge zum Sekretariat ein und erstellte später eine detaillierte Skizze für Asher. Es war wie beim Krankenhaus. Während der Südflügel stark befestigt war, war der Mittelteil des Hotels weit offen. Warum sich mit Wachen und Stacheldraht abmühen, wenn man durch die Eingangstür spazieren konnte?

Am Dienstag gingen sie ins Edison, um sich *Begegnung* anzusehen. Der Film lief vor vollem Haus, und während Eva von der Liebesgeschichte angetan war, ließ Brand sich von den roten Ausgangsschildern auf beiden Seiten der Leinwand ablenken. Jeden Moment konnte jemand hereinstürmen und um sich schießen, dann gab es kein Entkommen.

Am nächsten Morgen brachte er einen Trupp dänischer Geologen vom Bahnhof zum Kaliwerk, fuhr durch die blendende Wüste und dann die steile Strecke zum Toten Meer hinab, hinter dem sich die Berge von Moab aschgrau aus dem Dunst erhoben. Es war eine Erleichterung, aus der Stadt weg zu sein, und während die Wissenschaftler ihre Besprechung hielten, ging er am Strand entlang, wo er

Steine flitschte und über ihm Möwen flogen. Auf Wache, in den langen Nächten, in denen sie nach Oran oder Gibraltar unterwegs gewesen waren, hatte er sich in der weiten, sternenübersäten Dunkelheit verloren, die Spitze seiner Zigarette ein Planet, der eine fremde Hand beleuchtete, die sich bewegte, wenn er es erzwang. Die Wellen hier waren zahm und schwappten im Flachen lautlos übereinander, die Größe nicht so eindrucksvoll, doch das Gefühl, im Angesicht von Urgewalten zu sein, war gleich und beruhigend. Er fragte sich, wie es nachts sein würde.

Zurück in der Stadt, versuchte er, sich das Gefühl ins Gedächtnis zu rufen, doch es war weg, verdrängt vom Leben und dem Babel des Verkehrs. An der Jaffa Road waren die Cafés brechend voll. Die Barclays Bank hatte neue explosionssichere Läden vor den Fenstern anbringen lassen. An jeder Kreuzung sah er eine mögliche Katastrophe, doch als sie eintrat, war er nicht darauf vorbereitet.

Eva hatte wie immer recht. Das Krankenhaus war eine Falle. Ein Irgun-Trupp versuchte, verkleidet als Elektriker, ins Gebäude einzudringen. Sie kamen nicht mal am Kontrollposten vorbei. Dem Fahrer gelang es zu wenden, doch der Lastwagen blieb am Bordstein hängen, und der MG-Schütze im Jeep zerschoss seine Reifen. Der Fahrer kam ums Leben. Drei andere saßen in Haft. Am nächsten Tag gab es keine hämischen Handzettel, nur das Radio der Mandatsregierung, das die Armee lobte. In der Nacht, bei den Durchsuchungen, die auf die Operation folgten, wurde Lipschitz festgenommen.

7 Nach einem langen Abend mit Carmel-Wein und Cognac lagen Brand und Eva im Tiefschlaf, als es an der Tür klopfte. Es war schon nach zwei, und reflexartig dachte er, es sei die Polizei. Sie konnten durchs Küchenfenster steigen und über die Dächer fliehen. Sein Wagen war neben der Hurva-Synagoge geparkt.

«Bleib hier», sagte sie und zog ihren Morgenrock an. «Wahrscheinlich ist es bloß Mrs. Sokolov.»

Er blieb reglos unter der Decke liegen und lauschte, während sie die Tür aufschloss. Wie sie vorhergesagt hatte, gehörte die Stimme ihrer Vermieterin, zu leise, um das Gespräch verstehen zu können.

Nach einer Minute kehrte Eva zurück und schaltete die Nachttischlampe ein.

«Du musst gehen.»

«Jetzt?»

«Jetzt.»

Die Polizei hatte Asher. Um sicher zu sein, mussten sie eine Zeitlang den Kontakt abbrechen und untertauchen.

«Tut mir leid», sagte Eva.

Fassungslos saß Brand auf der Bettkante und zog seine Socken an. Asher. Es musste ein Irrtum sein. Er konnte sich die Zelle nicht ohne ihn vorstellen. «Was ist mit Montag?»

«Ich bestell mir ein Taxi.»

«Frag nach Pincus. Er ist ein Freund.»

Er hätte nie vermutet, dass Mrs. Sokolov eine von ihnen war und staunte wieder über den Einflussbereich des Untergrunds. Wer wusste, dass er Mrs. Sokolov anrufen musste?

Am nächsten Tag behielt er das beim Fahren im Sinn und taxierte das kanadische Paar und den uruguayischen Geistlichen mit seiner Sekretärin, als könnten sie Spione sein. Als er durchs Neue Tor fuhr und über die miteinander verbundenen Höfe des Christlichen Viertels schlich, rechnete er jeden Moment mit einer Waffe an seinem Hinterkopf. Stattdessen gaben sie ein großzügiges Trinkgeld und segneten ihn. Zu Hause, das Fenster zur Nacht geöffnet, wartete er auf das leise Nachdieseln eines Panzerwagens und das Poltern von Militärstiefeln auf der Treppe, auf das Krachen der Tür, doch er hörte bloß Mrs. Ohanesians Mozart-Geklimper und das lästige Zwitschern ihres Wellensittichs.

Als die Russen ihn zum ersten Mal festgenommen und aus seinem gewohnten Café geschleift hatten, wollten sie die Namen von allen im Viertel wissen, die zur Armee gehörten. Obwohl das allgemein bekannt war, widersetzte sich Brand und gab erst nach, als sie seine Familie bedrohten. Da er seine eigene Schwäche kannte, schrieb er das Ganze Lipschitz zu – vielleicht zu Unrecht. Während Brand tagsüber bloß davon träumte, das Krankenhaus zu stürmen, hatte Lipschitz es tatsächlich getan.

Asher. Er konnte es immer noch nicht glauben.

Sein Gespür sagte ihm, dass er flüchten sollte. In einer Stunde konnte er in Jaffa sein. Seine Papiere von der Handelsmarine waren noch gültig. Im Hafen wurde rund um die Uhr gearbeitet. Am Morgen könnte er auf einem Dampfer unterwegs nach Lissabon oder Port Said sein und den einfältigen Jossi hinter sich lassen.

Ohne Eva glichen sich seine Tage wie ein Ei dem anderen. Er erwachte, er fuhr, das perfekte Wetter verhöhnte ihn. Palmsonntag stand kurz bevor, und danach Pessach, das Gepränge der Karwoche. Die Hotels waren randvoll mit Touristen. Mittags aß er Falafel von seinem Lieblingsverkäufer am Damaskustor, dann ein spätes Essen im Alaska, wo er den Abend an seinem Tischchen beendete, im Dunkeln saß und zwei Fingerbreit Scotch nippte, während das Radio lief. Seine Zigarrenkiste war so vollgestopft mit Trinkgeld, dass der Deckel nicht zuging. Jetzt, da er Geld hatte, gab es niemanden, für den er es ausgeben konnte.

Er arbeitete am Wochenende und gab Pincus am Montag eine Nachricht für sie – hoffentlich nicht zurückverfolgbar. Am Mittag war er im Kidrontal, wo er eine argentinische Familie zur Gihonquelle brachte, und konnte nicht am King David vorbeischauen. Für Brand war das Schlimmste an ihren Verabredungen, wenn sie zum Wagen zurückkam und ihn vollplapperte, froh, ein offenes Ohr zu finden, nachdem sie bei einem Fremden gewesen war. Doch jetzt dachte er, er sollte da sein, um ihr zuzuhören, als würde er sich um die Erfüllung seiner Pflicht drücken.

Die Nachricht, die Pincus mitbrachte, trug ebenfalls keine Unterschrift, stand auf unliniertem Papier. Ihre Handschrift war überraschend elegant und erinnerte ihn an die seiner Mutter: *Ich trage deine Kette. Sei vorsichtig. Bis bald.*

«Wie geht's ihr?»

Pincus zuckte mit den Schultern, als hätte er keine Meinung dazu. «Sie sah gut aus.»

«Danke, dass du sie fährst.» Brand wollte ihm ein Pfund geben, aber Pincus wies es zurück. Falls er sie als «die Witwe» kannte, war er so höflich, es nicht zu sagen, wofür Brand dankbar war. Er brauchte sich nicht sagen zu lassen, dass er ein Narr war.

Er wusste, dass er die Nachricht wegwerfen oder, noch besser, verbrennen sollte. Doch er steckte sie in seine Zigarrenkiste, ein weiterer Schatz, und fragte sich, was sie mit seiner angestellt hatte.

Dienstag war Pessachabend. Mittags herrschte nur noch so wenig Verkehr, als stünde die Stadt unter Ausgangssperre. Nur die arabischen Busse fuhren. Die Straßen von Mea Shearim und Mekor Baruch waren verlassen, die Läden an der Jaffa Road geschlossen. An der Princess Mary Avenue wartete eine Schlange von Hausfrauen auf dem Gehsteig vor dem einzigen geöffneten Lebensmittelgeschäft, in der Hoffnung, dass dort die Lammkeulen und der Meerrettich nicht ausgehen würden.

Brand erinnerte sich an die endlosen Vorbereitungen seiner Mutter. Sie begann mehrere Wochen im Voraus sauberzumachen, ging das Haus Zimmer für Zimmer durch und machte Jagd auf jeden Krümel Chamez. Als er und Giggi noch klein waren, versteckte sie immer fünf Stücke Brot für jeden von ihnen, damit sie helfen konnten. Er war stolz darauf, seine zuerst zu finden, bis seine Mutter, als er sechs oder sieben war, vor dem Schlafengehen zu ihm kam und sagte, es wäre nett, wenn er seine Schwester ihre zuerst finden ließe, und da begriff Brand, dass er rücksichtslos gewesen war. Da seine Freude vergiftet war, wurde er pflichtbewusst und trottete mit seinem eigenen Staubtuch hinter ihr her, um Schmutz wegzuwischen. Wenn sie mit einem Zimmer fertig war, war es verboten, darin zu essen. Die Küche kam als Letztes dran, und dort grub sie auf allen vieren mit Zahnstochern in den Ritzen der Dielen, was sein logisch veranlagter Vater – und Brand, als seines Vaters Sohn – für übertrieben hielt. Die Udelsons waren korrekt. Sein Großvater konnte die Zeremonie mit der Feder und dem Löffel ausführen, und für seine Großmutter war es nie sauber genug. Wie viele Tränen seine Mutter vergoss, um für sie alles perfekt zu machen. Noch bevor sie eintrafen, war das Versagen seiner Mutter offensichtlich. Sie konnte den Sederteller der Großeltern nicht ausstehen, den sie als Hochzeitsgeschenk erhalten hatten. Da war der Weinfleck, den die Reinigung nie aus ihrer guten Spitzentischdecke herausbekam, und jetzt war die Kugel ruiniert. Wütend und nicht zu trösten, entschuldigte sie sich und wartete darauf, dass seine Großmutter auf das Offensichtliche hinwies. «Was für eine schöne Tafel», sagte seine Großmutter. Sein Großvater trug den Kittel, da sein Vater es nicht wollte. Es war ein alljährliches Ritual, die drei Generationen unter den goldenen Zinnen der Lithographie versammelt, den Auszug aus Ägypten und die geheimnisvolle Gebundenheit der Familie feiernd. Nach solchen Mühen zu denken, dass alles weggefegt, wie das Chamez zu Asche verbrannt worden war, Brand selbst der letzte verbleibende Krümel.

Auch der Zionsplatz war leer, die Studenten für die Ferien nach Hause geschickt, die Rollläden des Café Europa heruntergelassen wegen der Schomrei Schabbat, fanatische

Chassidim, die Steine in die Fenster von Geschäften warfen, die den Sabbat nicht respektierten.

Baruch Hashem, da waren immer noch die Touristen. Vor dem Herodestor, inmitten der gebeugten Wasserverkäufer und der stolzierenden Tauben, hielt ein amerikanisches Paar eine Faltkarte, und beide deuteten in entgegengesetzte Richtungen. Brand stürzte sich auf sie wie ein Habicht. Es war ihr erster Tag. Natürlich wisse er, wo die Himmelfahrtskirche sei. Bei dieser Hitze würde er ihnen nicht empfehlen, zu Fuß zu gehen.

«Warum ist denn alles geschlossen?», fragte der Ehemann, als sie losfuhren, und beugte sich dicht hinter ihn.

Warum unterscheidet sich dieser Abend von allen anderen Abenden? Bis Giggi lesen konnte, war er jahrelang mit den vier Fragen betraut gewesen, und sein Großvater hatte die Antworten auf komische Art hinausgezögert und sie warten lassen, bis sie den Afikoman verstecken und später wiederfinden durften, um ihren Preis zu beanspruchen.

Er nahm sich des Paares an, zeigte ihnen den besten Blick auf den Ölberg und alle sieben Tore und verkaufte ihnen zwei Rollen Film. Als er die beiden an ihrem Hotel absetzte, schüttelte der Mann ihm die Hand. Falls Jossi je nach Boston komme, solle er sie besuchen. Brand stellte sich vor, wie sie ihm die Stadt zeigten, die Hafenlichter und Nachtclubs, die Tanzlokale und Neonboulevards, die er aus dem Kino kannte.

Er würde nie dorthin reisen. Er war bloß einsam. Es war erst vier Tage her, dass er mit ihr gesprochen hatte.

Das Alaska würde geschlossen sein, also machte er früh Feierabend und fuhr die Schleife zurück zur Princess Mary Avenue. Das Lebensmittelgeschäft hatte noch offen. Brand parkte und stellte sich in die Schlange wie ein leidgeprüfter Ehemann, der zum Einkaufen losgeschickt worden war. Dass noch Wein übrig war, betrachtete er als Wunder.

In seinem Zimmer bereitete er das Festmahl vor. Wegen der Stromausfälle hatte er Kerzen da. Die Kerze am Bett war bloß noch ein Stummel, und er suchte zwei neue aus. Statt der Kerzenständer seiner Mutter aus Sterlingsilber, die einzig zu diesem Zweck benutzt wurden und den Rest des Jahres zusammen mit ihrem guten Kristall im Walnussschrank verbrachten, steckte er die Kerzen auf Bierflaschen und stellte sie auf seinen blanken Tisch. Es war die Aufgabe seiner Mutter gewesen, die Kerzen anzuzünden, dann Giggis, als sie alt genug war, und als er ein Streichholz an der Schachtel anriss und sich vorbeugte, um die flackernde Flamme an den Docht zu halten, sah er, wie seine Schwester – zehn oder elf, in ihrem besten Sabbatkleid, der Kopf wie bei einer Melkerin von ihren blonden Zöpfen gekrönt – um den Tisch herumging, Servietten faltete und die Weingläser aufstellte, in der Mitte einen speziellen Kelch für Elias. Obwohl er an diesem Abend allein war, tat Brand dasselbe, als würde er mit dem Propheten trinken.

Nach Sonnenuntergang nahm er das Kissen von seinem Bett und steckte es hinter sich auf den Stuhl, damit er sich zurücklehnen konnte, während er die Geschichte erzählte.

Wie sein Großvater sprach er den Segen über den Wein. Als Kind hatte er nicht zugehört, und sein Kiddusch war improvisiert. Nach dem Geschmack der Süße musste er durch den Flur ins Bad gehen, um sich die Hände zu waschen, dann kam er zurück und widmete sich dem Sederteller. Hier war die Petersilie, in Salzwasser getaucht, um an die Tränen des Volkes zu erinnern, das Ei und die Lammkeule, die bitteren Kräuter. Er brach die mittlere Matze und stellte sich selbst die vier Fragen, jahrelang sein einziges richtiges Hebräisch, die Sakralsprache sorgfältig eingeprägt, unauslöschlich und dennoch mechanisch, nie völlig beherzigt. Wie sein Vater, vom Pomp und Tempo der Zeremonie gelangweilt, war er Skeptiker, misstrauisch gegenüber jeglichem Anschein, nur dass er sich selbst damals, in seinem rationalen Mangel an Glauben, schuldig gefühlt hatte. Inzwischen sah er, dass er nicht das böse Kind war, wie er manchmal gedacht hatte, oder der Einfältige, wie er später vermutet hatte, sondern wie sein Vater der, der nicht wusste, wie man fragte. Der stolze Brand. Warum glaubte er, mehr als Gott zu wissen?

Er tauchte den Finger in seinen Wein und spritzte für jede der zehn Plagen einen Tropfen auf den Tisch. Als Kinder ließen sie der Regen aus Blut, die Frösche und Läuse und Fliegen erschauern. Das war ihre Lieblingsstelle, Gottes fürchterliche Strafe für ihre Verfolger, obwohl Großvater Udelson sie ermahnte, dass man sich nicht über die Leiden der Geschöpfe Gottes freuen sollte. Die Lektion kam ihm jetzt, nach den Lagern, noch richtiger vor, genau wie die Vorstellung, dass in jeder Generation jeder Einzelne von ihnen begreifen musste, dass sie aus Ägypten befreit worden waren, und während er im flackernden Kerzenlicht saß und sich alles ins Gedächtnis rief, was er verloren hatte, verstand Brand zum ersten Mal, dass es einen Grund gab, warum er verschont worden war.

Das Essen selbst war seiner Mutter nicht würdig, doch er aß die Matzeknödel-Suppe, das Brathähnchen und das Obstkompott voller Dankbarkeit und wünschte, Eva wäre da, um alles mit ihm zu teilen. Er dachte an die inhaftierten

Asher und Lipschitz und ihre Familien zu Hause. Wenn es in den Lagern kein Essen gegeben hatte, hatten die Gläubigen mit der heiligen Schrift gefeiert. In seiner Ernüchterung hatte Brand darauf verzichtet, eine Ausflucht, die er inzwischen bereute. Er wünschte, er wäre ein besserer Jude. Das war immerhin ein Anfang.

Für Giggi hatte er den Afikoman hinter seinem Radio versteckt. Zu Hause hatte ihnen ihr Großvater, damit sie ihn fanden, beiden eine glänzende Fünf-Lats-Silbermünze geschenkt, und ihre Mutter hatte darauf beharrt, dass sie das Geld zur Bank brachten. Aber jetzt brauchte Brand keinen Preis. Er konnte sich nur ein paar Verse aus den Psalmen ins Gedächtnis rufen und sprach ihr tagtägliches Tischgebet, das er nach all den Jahren immer noch auswendig wusste. Er füllte Elias' Becher, öffnete die Tür für ihn und setzte sich wieder, als wollte er warten.

«Nächstes Jahr in Jerusalem», sagte Brand und trank auf die Toten und auf die Zukunft.

Auf dem Friedhof hatte ein Kuckuck ein Nest gebaut. Wie um Brand zu widerlegen, begann er mit seinem monotonen Ruf. Vor seinem Fenster, hinter den dunklen Grüften und der Dormitio-Abtei leuchtete die Mauer am Zionstor im Scheinwerferlicht in grellem Honiggold. Wegen des Feiertags waren die Briten in höchster Alarmbereitschaft. Eva hatte ihm klargemacht, dass sie keinen Kontakt haben durften, doch als hätte er eine Vision gehabt, wollte Brand ihr erzählen, was passiert war. Das war, was er in Jerusalem zu finden gehofft hatte, ein neues Ziel, und während er, gerührt von der Offenbarung, im Waschbecken das Geschirr spülte, dachte er unbekümmert daran, ihr einen Heiratsantrag zu machen.

Am Morgen war er wieder bei Verstand. Sie war keine Gläubige und könnte wütend sein, weil er zu viel von ihr verlangte. Er hatte Religion und Gefühl durcheinandergebracht, das Universelle und das Persönliche. Ohne einen Menschen, dem er sich anvertrauen konnte, empfand er die Begeisterung, die er verspürt hatte, als intim und fragwürdig, als ein Produkt von Alkohol, Sehnsucht und Einsamkeit – nur dass er wirklich aus diesem letzten Ägypten befreit worden war, zusammen mit anderthalb Millionen anderen, und die Tatsache, dass er jetzt, unter Tausenden von ihnen, hier war, war weder Glück noch Zufall, sondern Geschichte. Er war frei. Was er jetzt anfing, war ihm überlassen, und obwohl er nicht hinausrannte und den nächstgelegenen Tempel aufsuchte, fühlte er sich erneuert, und als am Gründonnerstag Fein anrief, um ihm zu sagen, dass ihr junger Freund aus dem Krankenhaus entlassen sei, sah Brand es als ein Zeichen an.

«Es geht ihm noch nicht so gut, dass man ihn besuchen kann», sagte Fein. «Er braucht Ruhe.»

«Ist es in Ordnung, wenn ich ihn anrufe?»

«Ich würde noch warten. Es könnte ansteckend sein.»

«Freut mich, dass es ihm bessergeht.»

«Uns auch», sagte Fein.

Er überlegte, ob er Pincus mit einer Nachricht zu Eva schicken sollte, wusste aber, dass es dumm war. Seit wann war er so ungeduldig? Jahrelang hatte er bloß gewartet.

Es war die Karwoche, und die Altstadt war von Prozessionen verstopft. Nichtjuden jeglicher Konfession folgten den Schritten Christi auf der Via Dolorosa und blieben an den nummerierten Stationen des Kreuzwegs stehen, um Fotos von den Darstellern zu machen und bei den muslimischen

Ladenbesitzern Andenken zu kaufen. Brand machte ein Riesengeschäft mit dem Verkauf von Filmen und den Fahrten zum Ölberg. Wenn er beschäftigt war, verging die Zeit schneller, und wie ein richtiger Taxifahrer war er dankbar für die Menschenmengen.

Am Ostersonntag war die Grabeskirche die große Attraktion. Er stand als Zweiter in der Schlange am Jaffator, als er sah, wie ein Araber an der Spitze der Wartenden seinen Platz dem hinter ihm stehenden Paar überließ, um mit ihm fahren zu können. Er war klein und blass, in schwarzem Kaftan und Kufiya, und duckte sich hinter das Paar, als wollte er sich verstecken. Inmitten der Pilger, die Olivenholzkreuze umklammert hielten, und den mit Kameras behängten Touristen stach er hervor, und als Brand hielt und die Brille und die Schweinsbäckchen sah, wusste er, wer sich unter dieser unglücklichen Verkleidung verbarg.

Brand überlegte kurz, ob er einfach an ihm vorbeifahren sollte, doch Lipschitz packte den Türgriff und stieg ein.

«Jossi, ich war das nicht, das musst du mir glauben. Alle denken, dass ich's war, aber das stimmt nicht.»

«Ich weiß nicht, was die anderen denken.»

«Während ich weg war, ist jemand in meine Wohnung eingebrochen. Niemand will mit mir reden.»

«Wir sollen nicht miteinander reden.»

«Ich schwöre, dass ich nichts gesagt hab. Du kennst mich doch, ich würde so was nie tun.»

«Das weiß ich», sagte Brand, um ihn zu beruhigen. «Wohin willst du?»

«Zu Eva.»

«Wir dürfen nicht zu Eva fahren.»

«Dann zu dir.»

«Du weißt, dass ich das nicht tun kann.» Wahrscheinlich hatte Lipschitz eine Skizze von seinem Wohnblock, die alle Ausgänge zeigte.

«Ich kann nicht in meine Wohnung zurück. Sie beobachten sie.»

Wahrscheinlich beobachten sie auch uns jetzt, dachte Brand. «Soll ich dich zum Bahnhof bringen?»

«Das nützt nichts. Erzähl Gideon, dass ich nichts gesagt habe.»

«Wann sollte ich denn mit Gideon reden?»

«Erzähl's Eva.»

Er konnte nicht lügen, und nach allem konnte er auch nicht nein sagen. «Ich versuch's.»

«Danke, Jossi. Ich wusste, du würdest mir helfen. Du hast mich schon einmal gerettet.»

«Es kann eine Weile dauern. Im Moment sollen wir nicht miteinander reden.»

«Tut mir leid, ich wusste nicht, was ich sonst tun sollte.»

«Wohin willst du?»

Im Schatten der Mauer fuhren sie die Sultan Suleiman Street entlang. Lipschitz drehte sich um, um die Autos hinter ihnen zu beobachten, als würde sie jemand verfolgen. Gegenüber vom Damaskustor war der arabische Busbahnhof. In ihren nummerierten Buchten warteten ein Dutzend Busse unter einem schattigen Überstand, um Leute nach Nablus, Beersheba oder Jericho zu bringen.

«Soll ich dich da rauslassen?»

«Nein. Wende hier.»

Sie fuhren in Richtung der westlichen Vororte. Statt direkt auf der Jaffa Road zu bleiben, ließ er Brand einen

Umweg durch das Russische Viertel nehmen, dann links auf die Street of the Prophets biegen und nordwärts nach Mea Shearim fahren, bis der Verkehr hinter ihnen nachließ. Er blickte über die Schulter, bevor er Brand sagte, wo er als Nächstes abbiegen solle. Wie Brand beim Inspizieren des Umspannwerks vermutet hatte, kam Lipschitz aus den von Menschen wimmelnden Wohnblocks von Zichron Moshe. Statt sich ein Zimmer in einer entlegenen Gegend der Stadt zu nehmen, hoffte er, in den vertrauten Gassen und Pensionen dieses weit entfernten Außenpostens von Krakau untertauchen zu können.

Brand ließ ihn vor einer Buchbinderei aussteigen, deren Schaufenster mit der Wahlliste der Arbeiterpartei geschmückt war.

«Sei vorsichtig», sagte Brand.

«Erzähl's ihnen.»

«Mach ich.»

«Danke. Du auch, sei vorsichtig.»

Brand winkte ihm ein letztes Mal zu, und sobald er sich in den Verkehr eingereiht hatte und ihn los war, schlug er mit dem Handballen aufs Lenkrad. «Verdammt.»

Ansteckend, hatte Fein gesagt. Das würde auch für Brand gelten, wenn es jemand herausfand. Wie sollte er es Eva erzählen, und wen sollte sie überzeugen?

Du hast mich schon einmal gerettet. Bei der Erinnerung zuckte Brand zusammen. Er hatte ihn nicht gerettet, es war bloß ein Splitter gewesen. Er hatte noch nie einen Menschen gerettet.

Seine Hoffnung war, dass man Asher auf freien Fuß setzte, was ihm die Verantwortung abnehmen würde, aber morgen war Montag. An seinem Tisch mühte er sich bei

Lampenlicht mit seiner Nachricht an Eva ab. Unten stolperte Mrs. Ohanesian durch eine Chopin-Etüde, und er musste noch mal von vorn anfangen. Er war ein armseliger Spion. Er kannte keine Geheimschriften, und alle Metaphern kamen ihm unverkennbar und verfänglich vor.

Unser junger Freund wurde aus dem Krankenhaus entlassen, fühlt sich aber einsam. Teil bitte allen mit, dass es nicht mehr ansteckend ist. Er hatte zwei Wochen lang eine Kehlkopfentzündung und würde gern mit jemandem reden.

Sie schrieb zurück: *Die Ärzte haben nicht ohne Grund gesagt, dass er keinen Besuch haben soll. Das Wichtigste für ihn ist jetzt Ruhe.*

Brand fand ihren Rat klug, aber ohne es Lipschitz erzählen zu können, hatte er das Gefühl, seine Pflicht nicht voll erfüllt zu haben. Jedes Mal, wenn er am Jaffator in der Schlange wartete, rechnete er damit, den pantomimischen Araber anstehen zu sehen. Wenn er in seiner Wohnung war und das Telefon klingelte, legte er den Kopf schräg und erstarrte, bis Mrs. Ohanesian wieder ihre Tür schloss. Wie Lipschitz wurde er allein langsam verrückt.

Zwei Tage später brach das Radio das Schweigen. Während er schlief, hatte ein Irgun-Trupp, als Polizisten verkleidet, die eine Busladung arabische Häftlinge brachten, ein Internierungslager in Ramat Gan überfallen, ein Dutzend Gefangene befreit und den Inhalt des Waffenarsenals erbeutet. «Hier spricht die Stimme des kämpfenden Zion», sagte der Sprecher am Schluss in heroischem Ton, und auch wenn Brand keine Beweise hatte, war er überzeugt, dass Asher einer von ihnen war.

Lipschitz musste herausbekommen haben, dass Asher geflohen war, denn als Brand sich an jenem Morgen vom

Jaffator aus meldete, hatte Greta eine Fahrt für einen gewissen Mr. Ge'ula in Zichron Moshe. Mr. Hoffnung. Brand fand es unfair von Lipschitz, und als er unterwegs in den Spiegel schaute, um sich zu vergewissern, dass ihm niemand folgte, kaute er an der Innenseite seiner Wange und suchte nach den richtigen Worten, um ihm zu sagen, das müsse aufhören.

Die Adresse war eine Kellerwohnung auf der Rückseite eines Betonwohnblocks, die Art schäbiger Unterschlupf, für den sich auch Brand entscheiden würde. Die Hintertür war aus genietetem Stahl, die Fenster ebenerdige Jalousienschlitze, die etwas Licht hereinlassen sollten, und als er mit dem Peugeot neben dem Treppenschacht hielt, sah er, dass die beiden Fenster auf der linken Seite mit Brettern vernagelt waren. Er rechnete damit, dass die Wohnung befestigt war, mit einer von Ashers Lieblingssprengfallen verdrahtet, und statt zu riskieren, eine davon auszulösen, blieb er im Wagen und hupte nur zweimal kurz. Lipschitz konnte zu ihm kommen.

Er hupte noch mal, diesmal länger.

Als keine Reaktion erfolgte, rief er wie ein Komparse in einem Film: «Taxi! Taxi für Mr. Ge'ula!»

Er schaltete den Motor nicht aus, ließ die Fahrertür offen, während er sich dem Eingang näherte. Der Beton des Treppenschachts hatte Risse. Unten hatte sich in einer Ecke eine Matte aus Müll und nassem Laub angesammelt. Brand begutachtete das Schloss. Im Lauf der Jahre hatten die Schlüssel im Messing Kratzer hinterlassen. Es ließ sich nicht sagen, ob die Tür verkabelt war. Wenn er den Knauf drehte, könnte er einen Zentimeter Klavierdraht um die andere Seite wickeln, den Stift an einer selbstgebauten

Granate ziehen, und die Explosion könnte die Schrapnellmischung eines Heimwerkers entfesseln – Zaunkrampen und Dachnägel und Holzschrauben.

Er klopfte.

«Mr. Ge'ula.»

Er klopfte fester.

Er suchte die Rückseiten der anderen Mietskasernen ab, um zu sehen, ob Lipschitz ihn gerade beobachtete. Das war das Problem, wenn man allein unterwegs war. Man hatte nicht mehr als zwei Augen.

Er pochte mit der Faust an die Tür und rief wieder nach ihm, ließ dann die Hand auf den Knauf sinken, drehte ihn behutsam mit abgewandtem Gesicht und horchte auf ein Klicken.

Die Tür öffnete sich.

Ein nasskalter Betonflur, schwach erleuchtet und nach toten Mäusen riechend, lief den ganzen Keller entlang. Die Nummer, die Greta ihm genannt hatte, gehörte zur ersten Wohnung links – die mit den vernagelten Fenstern. Er klopfte, ohne irgendwas zu erwarten, und war überrascht, auf der anderen Seite ein leises Scharren zu hören, wie von einer Katze, die rausgelassen werden wollte.

«Taxi», sagte Brand.

Das Scharren verstummte, und er bückte sich, um zu testen, ob er es noch mal hören konnte.

Vielleicht waren es bloß Mäuse.

«Mr. Ge'ula.»

Er ließ sich auf ein Knie nieder und drückte das Ohr an die Tür wie ein Safeknacker. Nichts, doch jetzt drang ein zweiter Geruch an seine Nase, vertraut und doch unliebsam, und ihm fiel die Szene in Evas hellem Schlafzimmer ein und wie er später in der Einfahrt gekniet und seinen Rücksitz geschrubbt hatte.

Die Tür war trotz all seiner Vorsichtsmaßnahmen unverschlossen. Sie öffnete sich ein paar Zentimeter und blieb dann plötzlich hängen, von Lipschitz' Hand wie von einem Türstopper aufgehalten.

Er lag mit dem Gesicht nach unten da, die Hand nach der Tür ausgestreckt, als wollte er sie öffnen. Hinter ihm zog sich eine dunkle Schmierspur übers Linoleum. Er musste gekrochen sein.

Seine Hand war noch warm. Brand schob sie zurück und zwängte sich durch die Tür. Er drehte Lipschitz um. Seine Kehle war durchgeschnitten, sein Hemd blutgetränkt. Die Brille fehlte, und sein Gesicht war geschwollen, seine Augen zurückgerollt, sodass man das Weiße sah. Brand wollte fragen, wer ihm das angetan habe, sah aber, dass es nutzlos war.

Auf den zweiten Blick wusste er, wer es gewesen war. Als Botschaft hatte man ihm die Zunge abgeschnitten.

Brand blieb nicht, um sie zu suchen.

8 Mit der Trockenzeit kamen die Hitze und der Kamsin, der aus der Wüste herüberfegte, die Mauern überwand, durch die Gassen der vier Viertel pfiff und Windhosen durch die Straßen der Vorstädte trieb. Der Himmel war grau und voller Staub, die Zypressen rauschten im Vorgriff auf ein Gewitter, das sich den ganzen Tag ankündigte und Erleichterung versprach, dann aber doch nicht kam. In der Nacht war die Luft stickig, und es war unmöglich zu schlafen. In Unterwäsche saß Brand an seinem Fenster, rauchte Schwarzmarkt-Gitanes und blickte auf die zusammengedrängten Kuppeln der Altstadt hinaus. Der Kuckuck ließ seinen zweitönigen Ruf erschallen, der wie eine kaputte Uhr klang.

Asher war untergetaucht, wahrscheinlich in Tel Aviv, wo er wie Begin die Fäden zog. Victor war jetzt ihr Kontaktmann, Gideon ihr Kommandant. Der Mord an Lipschitz war offiziell eine notwendige Sicherheitsmaßnahme, eine Bekanntmachung so marktschreierisch wie die Gedenkzettel, die überall in der Stadt angeklebt waren, ein schlichter schwarzer Rahmen, in dem sein Deckname stand, Ehrung und Warnung zugleich. Die *Post* identifizierte ihn als Yaakov Ben Mazar, Uhrmacherlehrling und lebenslanges Mitglied der Gemeinde B'nai Abraham in Zichron Moshe. Er würde immer der hinter seiner Brille blinzelnde Lipschitz sein.

Eva versuchte, den Mord gegenüber Brand zu verteidigen, als wäre er ein Naivling. Ihr gefalle das Ganze auch nicht, am allerwenigsten die Hinrichtung, aber sie dürften kein Risiko eingehen. Lipschitz sei zusammengebrochen und habe Asher verraten, womit er sie alle gefährdet habe.

Ob sie das mit Sicherheit wisse?

Sie wüssten es, und sie glaube ihnen. Sie hätten Leute beim CID.

«Was, wenn die sich irren?», fragte Brand.

Wenn die sich irrten, werde ihnen vergeben.

Dann sei Mord also keine Sünde mehr?

Nicht beim Kampf um Freiheit. Er sei unerträglich. Er wolle eine Revolution ohne Blutvergießen.

Nein, er wolle eine Revolution, die gerecht sei.

Gerecht. Was hätten sie denn in Lettland mit Denunzianten gemacht? In den Lagern?

Brand war nicht überzeugt. Lipschitz suchte ihn jede Nacht heim und bat, dass er ihn verteidigte. *Jossi, ich war das nicht.* Zu seiner ewigen Schande wand sich Brand und verurteilte ihn. So war es nicht gewesen, argumentierte der verlegene Brand, doch mit der Zeit begriff er allmählich, dass er ihn durch sein Schweigen verraten hatte, so wie er Koppelman und Katja und alle, die er liebte, verraten hatte. Er hatte die egoistische Gewohnheit, sein eigenes Leben zu retten.

Darauf musste er sich jetzt verlassen. Als Lipschitz' Vermittler war er verdächtig. Während Pincus in der Garage so gesprächig wie immer war, war Scheib still, und Brand fragte sich, wie viel sie wussten. Bei ihrer nächsten Operation hatte Victor für ihn keine Funktion, was keinen Sinn ergab. Er war der Einzige mit einem Auto. Während sich der Rest der Zelle in der Highschool traf, wartete Brand protokollgemäß draußen im Peugeot. Auf der Heimfahrt saßen Fein und Yellin hinten. Obwohl er sie seit Wochen nicht gesehen hatte, hatten sie nichts zu sagen. Niemand sprach von Lipschitz, als wäre er nie ihr Freund gewesen.

«Natürlich weiß keiner, was er sagen soll», sagte Eva. «Wir stehen unter Schock.»

Sie erzählte ihm nicht, worum es ging. Er verstand. Dass sie mit ihm zusammen war, machte sie verdächtig. Wenn irgendwas schiefliefe, müsste sie den Kopf hinhalten. Von dem Augenblick an, als Brand Lipschitz in seiner Verkleidung erkannt hatte, hatte er genau das befürchtet. Es gab niemanden, an den er sich wenden konnte, keine Möglichkeit, es zu erklären. Also hatte der Mord seine Wirkung gezeigt. Seither hielten alle den Mund.

Er dachte, die Operation könnte am Lag B'Omer stattfinden und, der Geschichte entsprechend, ein Feuer bei Sonnenuntergang einschließen. Überall waren Ölraffinerien und Pipelines, Petroleumlager. Die Briten hatten denselben Gedanken und verschärften die Sicherheitsvorkehrungen, als der Tag näherrückte. Um fünf verhängten sie eine Ausgangssperre und schlossen die Tore der Altstadt, womit sie unter den jüngeren Chassidim einen Aufstand auslösten, den sie mit berittener Polizei niederschlugen. Das Postamt, das in Mahane Yehuda brannte, war die spontane Tat eines Mobs, auch wenn die *Post* am nächsten Tag schadenfroh auf die Symbolik verwies.

Der Bahnhof. Das YMCA. Es war unmöglich, keine Mutmaßungen anzustellen. Seine Fahrgäste plapperten dieselben Gerüchte nach, die schon monatelang im Umlauf waren.

Die Briten warteten mit der Bestrafung der Sarafand-Häftlinge, aus Angst, es könnte zu Aufständen kommen. Der Kamsin wehte, und das ganze Land war unruhig. In Jaffa und Tel Aviv traten die Telefonarbeiter in Streik, Juden wie auch Araber. Niemand machte ihnen Vorwürfe. Im Krieg waren die Preise sprunghaft gestiegen, während die Löhne gleich blieben. Die Verwaltungsbeamten traten in Solidaritätsstreik, gefolgt von den Eisenbahnern und Schauerleuten. Als die Schifffahrtslinien Streikbrecher einsetzen wollten, kam es im Hafen zu blutigen Auseinandersetzungen.

Brands amerikanische Fahrgäste machten sich Sorgen über den Einfluss der Kommunisten.

«Die Leute wollen bloß was zu essen haben», beruhigte sie Jossi.

Am Montag begann er Eva wieder zum King David zu fahren und stellte sich vor, wie der Mann seine Socken zusammenrollte und die Schranktür schloss. Für eine simple Erpressung lief die Affäre schon zu lange. Sie musste Informationen über das Sekretariat, vielleicht über den Grundriss gesammelt haben, darüber, welche Büros zu welcher Abteilung der Mandatsregierung gehörten. Der Aufzug war ein idealer Ort für ein Attentat. Er konnte einfach hineingehen, als würde er sie suchen, den Knopf drücken und sich ansehen, wie der Pfeil langsam die Zahlen durchging, auch wenn es im Foyer vermutlich von Zivilpolizisten wimmelte. Sobald er im Aufzug war, würde er die vorherbestimmte Etage wählen, dann seine Waffe ziehen und sie auf Brusthöhe – oder auf Augenhöhe, da der Hochkommissar groß war – mitten auf die Türen richten. Keiner von ihnen würde überleben, aber da wäre die beglückende Fahrt nach unten, wissend, dass er seinem Volk einen großen Dienst erwiesen hatte. Am nächsten Tag würde sein Name überall in der Jaffa Road an Laternenpfählen und Verkaufsständen hängen.

Der tagträumende Brand, der wie immer auf sie wartete. Sie war spät dran. Er versuchte, sich nicht davon aus der Ruhe bringen zu lassen. Er gab vor, die Zeitung zu lesen, und beobachtete die Eingangstür und die Einfahrt hinter ihm im Spiegel. Seit dem Museum hatte er den Daimler nicht mehr gesehen, behielt aber die Neuankömmlinge im Blick. Er fragte sich, ob die Erbin bei Asher in Tel Aviv war und die beiden wie Bonnie und Clyde in einem Strandmotel zusammenlebten. Er fragte sich, ob sie von Lipschitz und seiner Zunge wusste.

Als Eva schließlich herauskam, wurde sie von Edouard aus dem Kilimanjaro begleitet und lachte über irgendeinen Witz, die Hand auf seinem Arm. Brand fand es gefährlich, dass die beiden sich in der Öffentlichkeit trafen. Obwohl er frei hatte und die Mittagssonne schien, trug Edouard einen Cutaway. Sie küsste ihn auf beide Wangen, und er ging die Einfahrt entlang zum Wachhäuschen.

«Will er mitfahren?», fragte Brand.

«Er hat's nicht so weit.»

Sie mühte sich mit dem Verschluss des Anhängers ab, ihr Kopf gesenkt, das Kinn an die Brust gedrückt. Er wollte fragen, worüber sie gelacht hatten – wie brachte sie das fertig, nachdem sie gerade bei ihrem Engländer gewesen war? –, wusste aber, dass es schlimm enden würde. Mit professioneller Geduld wartete er auf eine Erklärung.

«Ach, sei nicht eifersüchtig. Er hat sich bloß die Haare schneiden lassen.»

«Hier?»

«Sie sind ausgezeichnet, aber sehr teuer. Es ist unmöglich, einen Termin zu bekommen. Nicht für Edouard natürlich. Er kennt einfach jeden. Ich wünschte, du würdest ihn sympathischer finden.»

«Er ist mir sympathisch, ich kenne ihn bloß nicht besonders gut.»

«Er ist ein Schatz, das ist alles, was du über ihn wissen musst.»

Sie verließen das Hotelgelände, bogen auf den breiten Boulevard des Julian's Way und überquerten die Abraham Lincoln Street. Wieder wartete er wie ein Lehrer.

«Wir haben was getrunken, nur ein Gläschen. Ich glaube, das hab ich verdient.»

«Stimmt.» Das erklärte das Lachen und die Ungezwungenheit. Er bezweifelte, dass es bloß eins gewesen war.

In ihrer Wohnung trank sie einen doppelten Brandy und goss sich noch einen ein, ehe er sagte, er müsse zurück.

«Bleib bei mir», sagte sie. «Nimm den Tag frei.»

«Ich wünschte, das könnte ich.»

«Ich kann es nicht ausstehen, wenn du so bist.»

«Wie denn?»

«Wütend auf mich. Soll ich dir sagen, was es ist? Ist es das, was du willst?»

«Nein.»

«Da, wo sie die Züge reparieren.» Der Betriebshof in Lydda. Sein erster Gedanke war, dass es zu weit weg war, sie mussten zu viele Kontrollposten passieren.

«Ich hab doch gesagt, ich will's nicht wissen.»

«Ich hab ihnen gesagt, du solltest fahren. Sie haben gesagt, sie hätten schon jemanden.»

«Hör auf.»

«Es ist nicht meine Schuld. *Du* wolltest doch, dass ich's ihnen sage.»

Das stimmte. Er hatte sie in dieselbe Lage gebracht wie Lipschitz ihn. «Ich weiß, dass es nicht deine Schuld ist.»

«Warum gibst du mir dann das Gefühl, als wäre es so?»

«Wenn jemand schuld ist, dann ich. Ich wusste es nicht.»

«Was dachtest du, würde passieren?»

«Ich hab nicht gedacht, dass sie ihn umbringen würden.»

«Das ist dein Problem – du denkst nicht nach. Du hättest deinem Freund nicht diese Nachrichten geben dürfen.»

«Pincus.»

«Es ist nicht seine Schuld», sagte sie. «Er hat bloß getan, was er tun muss.»

Pincus, Greta. Er fragte sich, wann der Anruf von Lipschitz eingegangen war. Sie hatten dem Killer die Adresse und einen Vorsprung gegeben. Das war der Grund, warum keine Sprengfallen da gewesen waren. Lipschitz hatte gedacht, Brand warte vor der Tür.

«Er hat mir vertraut.»

«Es wäre sowieso passiert», sagte Eva. «Jetzt machen sich die Leute deinetwegen Sorgen.»

«Und deinetwegen.»

«Und meinetwegen. Also hör auf, dich in deiner Verzweiflung zu suhlen, und fang an zu denken. Du willst nicht, dass die Leute sich deinetwegen Sorgen machen.»

Er stimmte ihr zu, er musste klüger sein. Doch warum, fragte er sich später, hatte sie ihm dann von der Operation erzählt? Er hatte den Verdacht, dass es ein Test war. In der

Garage stellte er sich dumm und verkehrte mit Pincus und Scheib, als ob nichts passiert wäre. Beim Fahren plante er die Operation wie ein Stratege. Ein nächtlicher Überfall auf das Ausbesserungswerk, ihre Gesichter mit Schminke geschwärzt. Im Gegensatz zu den Gleisen waren die Lokomotiven, neue, aus England gelieferte Diesellocks, unersetzlich. An jedem Abend, an dem sie nicht verfügbar war, wartete er auf die Bestätigung im Radio, und als er eines Morgens in der Woche nach Schawuot ein libanesisches Paar zur Zisterne Bethesda brachte, feierte die Stimme des kämpfenden Zion plötzlich einen weiteren glorreichen Sieg am Eisenbahnknotenpunkt Lydda. Freiheitskämpfer hatten eine Lokomotive in die Luft gesprengt und ein Dutzend Waggons der Besatzungsmacht verbrannt. Der Sprecher sagte nichts über den Ringlokschuppen oder das Tanklager, nichts über das Ausbesserungswerk selbst. Brand hatte einen größeren Schaden erwartet.

«Es war ein Fiasko», sagte Eva. «Zwei Sprengladungen sind nicht explodiert, und eine hat kaum Schaden angerichtet. Wir hätten dich und Asher gebraucht.»

Und Lipschitz, dachte er.

Er konnte nicht fragen, wer sonst noch dabei gewesen war, und hörte zu, um es herauszufinden. Fein, Yellin, Victor – alles, was von der Zelle noch übrig war. Der Fahrer hieß Thierry. Ein weiterer Franzose. Wieder fragte sich Brand, ob ihr Gläschen mit Edouard Zufall gewesen war.

«Als die Sprengladungen nicht explodierten, hat Victor befohlen, dass wir uns zurückziehen. Asher wäre geblieben und hätte den Fehler behoben.»

«Asher wäre ausgerastet.» Also kein Gideon. Warum war er überrascht?

«Ich wünschte, du wärst da gewesen.»

«Ich auch.»

Er dachte, er sollte sich nicht so darüber freuen, dass die Aktion ein Misserfolg war. Obwohl es nichts bewies, zählte er ihr Missgeschick als Argument für seine Wiedereinsetzung. Asher hatte ihn für das Umspannwerk ausgewählt und ihn nach dem Zug gelobt. Was hatte sich geändert?

Der Überfall in Lydda zog die üblichen Ausgangssperren und Durchsuchungen nach sich und führte zu den üblichen willkürlichen Verhaftungen. Trotz der Behauptungen im Radio hatte er strategisch keine große Bedeutung, außer dass die Revolution ein Krieg der Gesten geworden war. Die Briten hatten genug davon, sich erniedrigen zu lassen. Ein paar Tage später befand ein Militärgericht die Sarafand-Häftlinge für schuldig und verurteilte sie zum Tod. Die Frauen erhielten beide zehn Jahre. Zur Vergeltung ballerte ein Schütze vom Rücksitz eines rasenden Taxis auf einen Trupp Soldaten, der auf dem Julian's Way patrouillierte, und tötete zwei von ihnen. Brand verfluchte die Nachricht, da er wusste, das würde ihm alles schwerer machen.

In jener Nacht klingelte, wenige Minuten nachdem er vom Alaska zurückgekommen war, Mrs. Ohanesians Telefon. Es war Fein, und sie sah Brand misstrauisch an.

«Hier spricht Mr. Grossman. Mein Zug kommt um Viertel nach acht, und ich brauche ein Taxi.»

«Natürlich, Sir.»

Da war kein Zug und kein Grossman, nur Fein, der in Schwarz gekleidet, wie für eine Beerdigung, mit einem vertrauten Koffer am Bahnhof wartete. Auf dem Rücksitz hielt er ihn auf den Knien.

«Wohin fahren wir?», fragte Brand.

Fein ließ ihn nordwärts in Richtung Stadt fahren, dann ins Straßengitter von Yemin Moshe abbiegen, wo auf beiden Seiten lange, niedrige Stuckgebäude vorbeiglitten. Die Laternen brannten nicht, und der Mond warf Schatten auf die Straße. Als sich die gleichen Gebäude im grauen Licht wiederholten, gleichmäßig wie Kasernen, kam Brand in den Sinn, dass das Viertel angelegt war wie die Lager.

«Da oben», sagte Fein und deutete auf ein Eckhaus. «Betätige mal die Lichthupe.»

Als sie anhielten, ging die Haustür einer Villa auf, und drei Gestalten huschten gebückt durch den Garten, als stünden sie unter Beschuss. Fein rutschte geräuschvoll zur Seite, um Platz zu machen. Brand reckte sich nach der Beifahrertür und ließ Gideon einsteigen, der wie Fein ganz in Schwarz gekleidet war. Victor und Yellin, die hinten saßen, trugen die gleiche Uniform. Brand dachte, sie hätten es ihm erzählen können.

Der Wagen war voll. Sie nahmen Eva nicht mit, und er begriff, dass die Operation ein weiterer Test war. Auch wenn er ihnen das übelnahm, war er dankbar für die Gelegenheit, sich wieder beweisen zu können. War das nicht alles, was Lipschitz gewollt hatte?

«Wir müssen ostwärts fahren», sagte Gideon.

Um diese späte Uhrzeit würden fünf Männer in einem Taxi nie durch einen Kontrollposten kommen. Brand umfuhr die Altstadt und nahm einen Umweg durch die amerikanische Kolonie und die Jericho Road entlang. Während sie sich bemühten, den Patrouillen auszuweichen, entwischte ihnen der Mond und hing hell wie ein Suchscheinwerfer über der Wüste. In seinem fahlen Licht konnte jeder Schatten einen Jeep verbergen. Auf Gideons Schoß glänzte eine vernickelte Pistole. Brand wünschte, er hätte seine dabei. Er konnte nicht fragen, wohin sie fuhren. Der Tank war halbvoll, und es quälte ihn, dass er nach der Arbeit nicht aufgetankt hatte. Es spielte keine Rolle, dass sie ihn nicht vorgewarnt hatten. Er war Soldat. Von jetzt an musste er vorbereitet sein. Während der Peugeot die Kilometer fraß, sprach keiner ein Wort. Er dachte, sie sollten das Radio einschalten, fuhr aber schweigend, den Blick auf die Straße gerichtet, und überlegte die ganze Zeit, was in dieser Situation am besten zu tun sei, als wäre er ihre Geisel.

Sie kamen von Bethanien ins Jordantal hinunter, tauchten unter Meereshöhe, und von der Bergabfahrt taten ihm die Ohren weh. Es war arabisches Territorium, die terrassenförmigen Hügel mit weiß getünchten Dörfern gesprenkelt. Er war die Straße schon Dutzende Male gefahren, aber noch nie bei Nacht, aus Angst vor Banditen. Die Touristen mussten das Grab von Lazarus, die Mauern von Jericho und schließlich den Jordan sehen, mit aufgerollten Hosenaufschlägen durch seine brackigen Untiefen waten und für zu Hause Fläschchen mit dem schlammigen Wasser füllen, als besäße es Heilkraft. Rechts vor ihnen stand die Herberge des barmherzigen Samariters, der dem unter die Räuber geratenen Mann geholfen hatte. Auf dem Hügel darüber erhoben sich die Ruinen von Qa'alat ed-Dum – die Burg des Blutes, gleichermaßen eine Falle für müde Reisende wie für Wegelagerer.

«Fahr die alte Straße», sagte Gideon.

Das wäre härter für den Wagen, und außerdem würden sie verdächtig erscheinen, wollte Brand einwenden, drosselte aber das Tempo und glitt mit den Vorderrädern über den Rand des Asphalts auf den steinigen Boden, der die

Aufhängung vibrieren ließ. Die Römer hatten diese Straße gebaut, und seither hatte niemand sie ausgebessert. Auf beiden Seiten befanden sich Gräben. Er blieb auf der Wegkrone, tief eingeschnitten vom Frühlingsregen. Von Zeit zu Zeit tauchte die Schnauze des Wagens in eine Mulde, und sie wurden nach vorn geschleudert. Gideon stützte sich am Armaturenbrett ab. Hinten presste Fein den Koffer auf seinen Schoß. Nach dem Fiasko von Lydda hatte Asher die Sprengladungen vermutlich selbst gebaut. Brand verstand das. Anderen konnte man nicht vollkommen trauen.

Er dachte, das Ziel liege in Jericho, ein örtliches Waffenarsenal oder ein Provinzgericht, doch sie fuhren weiter, überquerten die Stadtgrenze nicht, sondern bogen nach Norden, wo es an der Grenze entlang durch die Salzwüste ging, und folgten einer Straße, die zu jeder anderen Jahreszeit unbefahrbar war. Hinter ihm hustete Yellin, als hätte er etwas Falsches verschluckt. Victor klopfte ihm auf den Rücken, und Fein lachte.

«Ist schon gut», sagte Yellin. «Hör auf.»

«Schluss jetzt», sagte Gideon.

Hier draußen waren keine Züge, keine britischen Einrichtungen, nur der träge Fluss zur Rechten, die Ufer gesäumt von durstigen Weiden und Tamarisken. Sie waren nicht weit entfernt von der franziskanischen Kapelle, die an die Taufe Jesu durch Johannes erinnerte und immer für ein paar Fotos gut war. Genau südlich von ihnen, auf der Hauptstraße, spannte sich die moderne, durch ein bemanntes Blockhaus geschützte Allenby-Brücke, die das Tor nach Transjordanien darstellte. Hier, wo der Fluss nur ein Rinnsal war, gab es nur einen uralten Steinbogen, benutzt von Ziegenhirten, deren Loyalität ausschließlich ihrem Stamm galt. Morgens trieben sie ihre Ziegen nach Palästina, und abends trieben sie sie ohne Visum wieder zurück.

«Fahr langsamer», sagte Gideon, sah auf die Uhr und bestätigte damit Brands Vermutung.

Die Brücke sah aus, als würde ein Troll darunter leben. Im Lauf der Jahrhunderte hatten Generationen von Maurern willkürlich Mörtel über die Steine geklatscht und den Mauern das Aussehen von klumpigem Stuck verliehen. Brand biss die Zähne zusammen und war froh über die Dunkelheit. Dafür setzten sie ihr Leben aufs Spiel?

«Lass den Wagen laufen», sagte Gideon und stieg aus.

Die anderen folgten ihm und ließen die Türen für die kühle Nachtluft offen.

Brand blendete die Scheinwerfer ab. Der Motor tuckerte, und der leise Leerlauf bot jedem Schutz, der sich an ihn heranschleichen wollte. Es waren nur die Nerven. Sie waren allein hier draußen – keine Patrouillen, keine Banditen, die im Schatten lauerten, nichts als Hufspuren und Kot, der abwasserartige Gestank des Flusses. Beim Licht einer Taschenlampe stellte Fein den Koffer auf dem Boden ab und teilte die Sprengladungen auf. Gideon und Victor gingen zum Ostufer. Fein und Yellin verschwanden am nahen Ufer. Einen Augenblick konnte Brand keinen von ihnen sehen, dann kamen Gideon und Victor wieder über die Brücke getrabt, ihre Gesichter schwebten gespenstisch im Dunkeln. Fein und Yellin kehrten zurück, nahmen wieder ihre Plätze ein, und Fein legte den Koffer auf seine Knie.

«Alles gut?», fragte Gideon.

«Alles ist gut», sagte Fein.

«Okay», sagte Gideon zu Brand, und er schaltete die Scheinwerfer ein und fuhr los.

Zurück ging es schneller. Jetzt, da er die Straße kannte, konnte er mehr Gas geben. Ein Nachtfalter prallte auf die Windschutzscheibe und hinterließ einen pulverigen Fleck.

«Wir haben jede Menge Zeit», sagte Gideon, und Brand fuhr langsamer. *Wir.* Hatte er den Test bestanden? Aber er hatte gar nichts getan.

Gegen sein Bauchgefühl hielt er sich zurück, holperte dahin und erwartete die Explosion in seinem Rückspiegel. Die Briten würden eine Ausgangssperre verhängen und Straßensperren errichten. Er müsste die anderen in der Wüste rauslassen und es drauf ankommen lassen. Vielleicht war der Test nur, da zu sein, wieder einer von ihnen. Er brauchte kein Held zu sein. Er war Fahrer. Er fuhr.

Sie fuhren auf demselben Weg zurück durch die Salzwüste, schlichen am verschlafenen Jericho vorbei. Asher musste einen Zeitzünder verwendet haben. Wie beim Umspannwerk hörte Brand die Sprengladungen nicht explodieren. Früher als erwartet erreichten sie die Hauptstraße und bogen nach Jerusalem ab, rollten über den glatten Asphalt und lieferten sich ein Wettrennen mit dem Mond. Der Highway war kilometerweit leer, das erste Scheinwerferpaar ein Schock, als wären sie erwischt worden – ein Schwerlaster unterwegs zum Kaliwerk. Neben ihm schob Gideon seine Waffe in die Tasche.

Sie fuhren nicht nach Yemin Moshe zurück. Gideon ließ sich mit Victor in Scheich Dscharrah absetzen, einem arabischen Viertel nördlich der Stadt, das Brand nur aufsuchte, um billiges Benzin zu tanken. Fein und Yellin ließ er in Rehavia raus, unweit der Highschool.

«Lang lebe Eretz Israel», sagten sie.

«Lang lebe Eretz Israel.»

Als er wieder allein war, schaltete er das Radio ein, in der Hoffnung, Nachrichten aus Jericho zu hören, war aber nicht überrascht, als nichts kam. Asher hatte es ihm selbst beigebracht. Eine Uhr konnte auf zwölf Stunden eingestellt werden.

Als er in die Einfahrt bog, brannte bei Mrs. Ohanesian kein Licht mehr. Seine Wohnung war der reinste Backofen, und er blieb lange auf, setzte sich ans Fenster, trank etwas und ging die seltsame Nacht noch mal durch – die Fahrt durch die mondbeleuchtete Wüste und Gideon, der eine Ziegenbrücke in die Luft sprengte. Am Morgen kam es ihm vor wie ein Traum, bis die Stimme des kämpfenden Zion einen großen Sieg verkündete. In einer abgestimmten Aktion hatten Kämpfer ein Dutzend Brücken an den Grenzen ihrer arabischen Nachbarn zerstört, zusammen mit der Hauptzugverbindung nach Syrien. Elf Mitglieder der Stern-Bande hatten ihr Leben gelassen. Wie bei dem Zug begriff Brand die Bedeutung ihrer Mission erst im Nachhinein. Jetzt war er stolz, doch als er darauf gewartet hatte, dass sie die Sprengladungen anbrachten, war er vorsichtig gewesen, unsicher, warum sie dort waren, und er machte sich wieder Vorwürfe, weil er so zaghaft war, als könnte er etwas an seinem Wesen ändern.

Am Nachmittag stürmte die Irgun in Tel Aviv ein britisches Offiziersheim und flüchtete mit fünf Geiseln. Die Armee verhängte eine Ausgangssperre und riegelte die Stadt ab.

Eva sagte, sie wisse nichts über die Brückensprengung.

«Das ist gut», sagte sie. «Alle sind vorsichtig.»

«Wahrscheinlich», sagte Brand. «Aber ich weiß gern, was ich tue.»

«Ist schön, dass du's dir aussuchen kannst. Anders als der Rest von uns.»

«Ich will doch bloß eine kleine Vorwarnung haben.»

«Ich glaube nicht, dass du irgendwas zu wollen hast.»

«Als ob ich das nicht wüsste.» Du auch nicht, hätte er sagen können, das hast du mir zu verdanken.

Er blieb über Nacht, lauschte ihrem Schlaf, und als er den Arm um sie legte, wurde er von ihrer gemeinsamen Wärme schweißnass. Er hatte sich daran gewöhnt, dass Katja ihn hier, im Bett ihrer Rivalin, besuchte, und freute sich darauf wie auf einen schönen Traum. Und wenn sie nicht kam, musste er sie aus der Erinnerung heraufbeschwören, ein Trick, der ihm immer schwererfiel, weil er so stark von seinen Bildern aus dem Krähenwald belastet war, den nackten Toten, die wie Schweinekadaver aufeinandergeschichtet waren. Er betrachtete es als persönliches Versagen, dass er ihre Stimme kaum noch hören konnte, als würde er sie absichtlich vergessen.

Am Morgen dufteten die Laken nach Parfüm, und er wäre am liebsten geblieben. Im Morgenrock machte Eva ihm Frühstück und neckte ihn damit, dass sie sich wieder schlafen legte. Im Radio der Mandatsregierung hieß es, die Terroristen hätten die Entführten zum Tode verurteilt.

«Natürlich», sagte Brand.

«Sie müssen wissen, dass wir's ernst meinen.»

«Inzwischen dürften sie das wissen.»

«Sie hängen unsere Leute für weniger.»

Da konnte er nicht widersprechen, und dennoch weigerte er sich, wahrscheinlich, weil er Häftling gewesen war, Hinrichtungen als Waffe zu akzeptieren. Doch es war Krieg, oder, ein Wettstreit der Hinrichtungen? In diesem Fall nahm er an, dass es bei der Drohung blieb. «Ich glaube, wir versuchen, einen Gefangenenaustausch zu erreichen.»

«Sie müssen wissen, dass wir es durchziehen.»

«Natürlich.» Denn selbst in ihrer dezimierten Zelle war der Wille vorhanden. Wenn nicht Asher, dann hatte Gideon oder Victor oder wer auch immer Lipschitz getötet. Obwohl er es besser wusste, hatte er wieder Probleme, sich einen gnadenlosen Juden vorzustellen. Der weichherzige Brand, der ewige Grünschnabel. Warum glaubte er, dass von allen Stämmen Gottes ausgerechnet sein Volk eine Ausnahme war?

Während Tel Aviv zum Erliegen gebracht wurde, floss in Jerusalem der Verkehr unbehindert. Überall in der Altstadt standen die Briten Wache, an den Kontrollposten wurden Luftlandetruppen zusammengezogen, als warteten sie auf ein Signal. Am Spätnachmittag kam es, und sie sperrten die Tore mit Stacheldraht und Panzerwagen. In der Schlange verbreiteten sich Neuigkeiten. Am helllichten Tag war im neuen Stadtzentrum ein weiterer Offizier entführt worden, mit Chloroform betäubt und in ein Taxi gedrängt, einen Panamahut auf den Kopf gestülpt. Sofort musste Brand an Pincus denken, eine naheliegende Vermutung, die er später revidieren musste. Das Taxi war gestohlen, war verlassen im bucharischen Viertel gefunden worden. Im Radio wurde das Opfer als Major H. P. Chadwick, verheiratet, Vater zweier Kinder, identifiziert. Noch vor dem abendlichen Ruf zum Gebet gab die Irgun sein Todesurteil bekannt.

Da die Altstadt und die westlichen Vorstädte abgesperrt waren, zog sich Brand zum Damaskustor zurück, nahm Fahrgäste am Busbahnhof auf und steckte ihr Gepäck in den Kofferraum. Die Busse aus Nablus, Ramallah und Jericho fuhren, doch die Briten stoppten alles, was aus dem Westen kam. Araber gaben kein Trinkgeld, und nach Einbruch der Nacht waren die Viertel nördlich der Stadt gefährlich. Nachdem er zum Abendessen Falafel gehabt hatte, meldete er sich aus der Telefonzelle bei Greta. Es gab eine Fahrt aus Scheich Dscharrah, ein gewisser Mr. Grossman.

«Ja», sagte Brand. «Den kenne ich.»

Es war nicht Fein, wie er erwartet hatte, sondern Victor, der in der gepflasterten Einfahrt einer hinter einem Tor liegenden Villa wartete.

«Steig aus», sagte der Franzose.

«Warum?», fragte Brand, doch es war sinnlos, Einwände zu erheben.

«Dreh dich um.»

Brand stand still wie ein Mann, dem ein Anzug angepasst wird, während Victor ihm die Augen verband und seinen Kopf mit einer sackartigen Kapuze bedeckte.

«Duck dich», sagte Victor, packte Brands Schädel und schob Brand auf den Rücksitz.

Blind, in der modrigen Kapuze fast erstickend, wappnete sich Brand, während sie die Einfahrt hinunterholperten und rechts abbogen. Um ihn zu verwirren, nahm Victor die Seitenstraßen und bog mehrmals rechts und links ab, sodass Brand die Rückenlehne des Sitzes ergreifen musste. Er wünschte, er würde die Gegend besser kennen, doch schon bald ging es geradeaus, sie rollten eine glatte Straße entlang, beschleunigten, und der Motor verrichtete Schwerstarbeit, bis Victor schließlich in den dritten Gang schaltete. Brand zählte die Sekunden, als könnte er später die Strecke rekonstruieren. Je weiter sie fuhren, ohne langsamer zu werden, umso stärker war er davon überzeugt, dass sie auf der Nablus Road nordwärts fuhren, in die Wüste. Seine Gewissheit wuchs noch, als sie bremsten und auf den steinigen Seitenstreifen glitten. So standen sie eine Minute da, dann hörte Brand, wie sich ein zweiter Wagen näherte, mit verräterischem Knirschen hinter ihnen hielt und Leute daraus ausstiegen.

Die Tür neben Brand ging auf und ließ die Nachtluft herein. Jemand fasste ihn am Ellbogen und zog ihn hinaus, wobei er sich den Kopf stieß und sofort Kopfschmerzen bekam. Er beugte sich nach vorn, um nicht zu fallen, während sie ihn zu dem anderen Wagen brachten. Sogar durch die Kapuze stank es im Inneren nach Nelkenöl, einem üblichen Lufterfrischer in der Garage, und wieder musste er an Pincus denken. Der Fahrer sagte nichts, sondern fuhr bloß. Hinter ihnen hörte Brand den Peugeot, sein vertrautes Schnurren ein Trost.

Sie brachten ihn vermutlich zu Asher oder vielleicht auch zum Alten persönlich, durch das harte Vorgehen aus Tel Aviv aufgescheucht. Er verstand die Vorsichtsmaßnahmen, aber nicht, warum er allein herbeordert worden war, es sei denn, es hatte etwas mit Lipschitz zu tun. Hatte Eva sich für ihn eingesetzt, wie Brand gebeten hatte, oder hatte sie ihn verpfiffen? Ihre Loyalität war unerschütterlich, mit Blut besiegelt, während die von Brand noch unter Beweis gestellt werden musste. Vielleicht war es ein weiterer Test, oder war das vorbei? Vielleicht würden sie die Kapuze nie abnehmen, sondern ihn in die Wüste fahren und dort lassen, nackt, eine Kugel hinter dem Ohr, der Peugeot dazu bestimmt, umlackiert und einem anderen Jossi überlassen zu werden. Sie würden sich für einen öffentlichen Ort entscheiden, um eine Botschaft zu übermitteln. Aber das hätten sie jederzeit tun können. Warum, fragte das kluge Kind in ihm, unterschied sich diese Nacht von allen anderen Nächten?

Sie mussten fast in Ramallah sein. Immer weiter schnurrten sie, und er zweifelte an seinem Gespür. Als sie, ohne zu bremsen, auf eine andere asphaltierte Straße bogen, gestand er sich ein, dass er die Orientierung verloren hatte, und überließ sich dem Lärm und der Dunkelheit.

Und als sie mehrere Kilometer später endlich hielten, blieb er still, in der Hoffnung, die Stimmen der Männer erkennen zu können, während sie ihn aus dem Wagen zogen, aber keiner sagte etwas. Diesmal achtete er auf seinen Kopf. Sie führten ihn ab wie einen Häftling, an jedem Ellbogen einer. Er schwor, dass einer von ihnen parfümiert war – oder nein, es war Kölnischwasser. Vielleicht Edouard oder Thierry, ihr neuer Fahrer.

«Es geht eine Stufe rauf», sagte Victor rechts von ihm.

Eine Tür öffnete sich, und der Geruch von in Öl dünstenden Zwiebeln und das Geplapper eines Radios drangen heraus. Im Innern des Hauses war es heiß, und er schwitzte. Sie durchquerten ein offenbar langes Zimmer – doch es konnten auch zwei gewesen sein – und blieben stehen. Eine Tür öffnete sich, und Victor ergriff Brands Arm und legte seine Hand auf ein Geländer.

«Jetzt eine Treppe runter», sagte er und zählte im Gehen. «… elf, zwölf.»

Im Keller war es kühler und feucht, es roch leicht nach Schimmel. Sie bogen nach links, hielten an einer Tür inne, durchquerten einen Raum und blieben wieder stehen.

«Duck dich», sagte Victor, und Brand gehorchte.

Die Tür schloss sich hinter ihm, ein Metallriegel fiel scheppernd zu und rief ihm den Rübenkeller seiner Großmutter ins Gedächtnis, obwohl der Fußboden hier aus Holz war. Ganz in der Nähe scharrte ein Stuhl über die Dielen und stieß an seine Kniekehlen. Victor drückte auf seine Schulter und zog Brand, sobald er sich gesetzt hatte, die Kapuze ab. Reflexartig griff Brand nach der Augenbinde.

Das Licht ließ ihn blinzeln. Über einem billigen Blechschreibtisch hing eine nackte Glühbirne. Ihm gegenüber saß Asher, nur dass sein Haar pechschwarz statt grau war, am auffallendsten an den Augenbrauen. Seine Wangen waren, wie in Brands Traumbildern von seiner Großmutter, schmutzig, braun wie Schuhcreme, als wollte er als jemenitisch durchgehen. Erst als Brands Augen sich an das Licht gewöhnt hatten, sah er, dass die Färbung keine Verkleidung war, sondern von Blutergüssen stammte, die Haut karamellbraun wie verfaulte Äpfel. Ashers Gesicht war geschwollen, sein linkes Auge geschlossen, Stirn, Nase und Kinn dunkel von lila Schorf. Seine Hände waren geschient, zu Fausthandschuhen bandagiert.

«Sieht schlimmer aus, als es ist.» Er klang sogar anders, seine Lippen bewegten sich kaum, und Brand sah, dass sein Kiefer verdrahtet war. «Tut mir leid wegen der besonderen Sicherheitsmaßnahmen. Wir haben offensichtlich ein Problem.»

«Verstehe.»

«Wirklich?» Asher musterte ihn, als würde er ein Geheimnis hüten. Victor stand hinter ihm, ein schweigsamer Leibwächter.

«Ja», sagte Brand. Also ging es um Lipschitz. Um ihn.

Asher patschte einen Handschuh auf den Tisch und blickte zur Zimmerdecke, als suchte er einen verirrten Gedanken. «Kennst du eine Frau namens Emilie de Rothschild?»

Brand befürchtete, sein überraschtes Gesicht könnte ihn verraten. «Ich kenne sie nicht, habe aber von ihr gehört.»

«Du hast sie gesehen.»

«Ja, hab ich.»

«Sie scheint zu glauben, dass du sie verfolgst. Warum sollte sie das glauben?»

«Weiß ich nicht», sagte Brand.

«Du hast sie nicht verfolgt.»

«Nur einmal, um zu sehen, wer sie ist.»

«Um zu sehen, wer sie ist.» Mühsam drehte sich Asher um, um Victor anzusehen. «Und wer ist sie?»

«Eine der Rothschilds.»

«Was würdest du sagen, wenn ich dir erzählen würde, dass sie meine Frau ist?»

Jetzt versuchte Brand, überrascht zu tun.

«Ist sie nicht», sagte Asher, «aber ich habe eine Verantwortung gegenüber ihr und ihrer Familie, die genauso groß ist. So wie ich für dich, Eva und Victor verantwortlich bin. So wie Lipschitz für uns alle verantwortlich sein sollte.» Er deutete auf sein Gesicht und nickte, als wäre es ein Beweis. «Verstehst du?»

«Ja.»

«Lass sie in Ruhe. Sie zieht auch so genug Aufmerksamkeit auf sich. Und, wie viel weißt du über das, was Eva im King David macht?»

«Nicht viel.»

«Äußere dich bitte genauer.»

Das Einzige, was Brand ausließ, war der Teil über die Socken und den Schrank.

«Das ist gut. Du willst nie mehr wissen, als du brauchst.

Eva braucht nicht zu erfahren, dass wir uns unterhalten haben, ist das klar?»

«Ja.» Aber es war gar nicht klar.

«Ich hab einen Auftrag für dich. Niemand darf davon wissen. Erledigst du den für mich?»

«Ja.»

«Danke.» Er streckte einen Handschuh über den Tisch, damit Brand ihn ergreifen konnte. Jeder Finger war an einen Zungenspatel geklebt. Es fühlte sich wie ein Paddel an. «Geh mit Victor.»

Als er aufstand, blieb Asher sitzen, und Brand hatte den Verdacht, dass er nicht stehen konnte. Was hatten sie ihm sonst noch angetan? In der Dunkelheit an der Wand stand eine Pritsche, in der Ecke ein Blecheimer. Er lebte hier unten wie ein Häftling, wie Lipschitz in seiner mit einer Sprengfalle versehenen Wohnung.

Brand sollte etwas abliefern. Er brauchte den klobigen Sack, der zwischen Victor und Gideon schwang, während sie ihn über den Hof schleppten und in seinen Kofferraum hoben, nicht zu sehen, um zu wissen, dass es Major Chadwick war. Der Peugeot war auf ein hohes Eisentor ausgerichtet, hinter dem sich die lichtlose Wüste erstreckte. Auch wenn ihm das Wissen nur eine grimmige Genugtuung verschaffte, er hatte recht gehabt mit der Nablus Road. Gegen jede Logik brachte er den Major zurück in die Stadt, in dasselbe Viertel, in dem die Briten nach ihm suchten. Er hatte die Adresse und genügend Benzin. Beim Abschied gab Gideon ihm eine Pistole, für den Fall, dass etwas passieren sollte. Nach seinem Gespräch mit Asher begriff Brand, dass sie nicht für Chadwick bestimmt war, sondern für ihn.

9 Während er am nächsten Tag nachts wohlbehalten zu Hause im Bett lag und träumte, dass sich Eva im Edison einen Film ansah, in dem er und Ashers Blondine an dem Strand schlenderten, an dem seine Familie früher ihre Ferien verbrachte, und über einen Insiderwitz lachten, gelang es Major H. P. Chadwick, sich von den Fesseln um seine Handgelenke zu befreien, ein Fenster einzuschlagen und barfuß über die Dächer des bucharischen Viertels zu flüchten. Als die Polizei eintraf, war die Wohnung leer, doch das spielte keine Rolle. Die Mandatsregierung feierte ihren neuen Helden, während die *Post* sich über die glücklosen Entführer lustig machte. Obwohl es nicht sein Fehler war und die Offiziere aus Tel Aviv immer noch irgendwo festgehalten wurden, erwartete Brand, dass der Misserfolg auf alle Beteiligten abstrahlen würde. Ashers Anordnung folgend, hatte er Eva nichts erzählt. Jetzt ging es nicht mehr.

Am Montag setzte er sie am King David ab, verzehrte in der Einfahrt sein Mittagessen und hielt Ausschau nach Edouard und der Blondine. Wie viel er wisse, hatte Asher gefragt, als wüsste *er* nicht Bescheid oder misstraute Eva.

Brand hielt Eva für stärker als sie alle. So nahe sie sich in den letzten sechs Monaten auch gekommen waren, hatte sie doch kein einziges Mal, ob nüchtern oder betrunken, ein Wort über ihren Mann verloren. Er war ihr Geheimnis, so wie Katja seins war, die Erinnerung an sie in Einsamkeit abgerufen, ehrfürchtig gehegt wie ein gut gepflegtes Grab. Es war alles, was er hatte, manchmal alles, was er wollte – bei ihr zu sein. Ohne sie war die Welt bedeutungslos, ein Kreislauf aus faden Mahlzeiten und unruhigem Schlaf. Eva war bloß ein Ersatz. Das wusste sie genauso wie Brand, ihre Liebe war nichts als ein zerbrechlicher Trost. Gemeinsam versuchten sie sich zu erinnern, wie das Leben war, und wenn sie erfolgreich waren, hatten sie Schuldgefühle. Er dachte immer noch, dass sie weggehen sollten, nur dass er es ja schon getan hatte. Sogar auf dem Meer war ihm Katja gefolgt, wie die Sterne, bei Tageslicht unsichtbar, nachts überall. Wenn er jetzt ginge, würde er dann für Eva dasselbe empfinden?

Zu seiner Überraschung kam sie gut zwanzig Minuten zu früh, allein. Normalerweise hellte sich ihre Miene auf, wenn sie ihn dort warten sah. Doch heute war ihr Gesicht unbewegt, ihre Lippen zusammengepresst, und ein Arm drückte ihre Handtasche an die Rippen, während sie zum Wagen stakste.

Bevor sie etwas sagte, hantierte sie mit einer Schachtel Streichhölzer und zündete sich eine Zigarette an. Sie atmete theatralisch aus und betrachtete mürrisch die gekräuselte Wolke. «Warum glauben die Leute, sie können mich wie ein Dienstmädchen behandeln?»

«Wer behandelt dich denn so?» Hoffentlich ihr Kunde.

«Alle, überall, wo ich bin.»

«Tut mir leid.» Er fuhr um einen taubengrauen Bentley herum und rollte die Einfahrt hinunter.

«Sie glauben, weil sie dich bezahlen, können sie dich behandeln, wie es ihnen gefällt.»

Brand dachte, dass das auch auf einen Taxifahrer zutraf, behielt es aber für sich.

«Er hat gesagt, er hätte was Wichtiges zu tun, und ob ich allein rausfinden würde.»

«‹Was Wichtiges›.»

«Ich würde gern sein Gesicht sehen, wenn er begreift, dass ich es war.»

Das sagte sie so genussvoll, dass er sich fragte, ob sie etwas für den Mann empfand.

Sie lehnte sich zurück, ihr Kinn zur Seite geneigt, kaute am Daumennagel und starrte zornig auf die vorübergleitenden Ladenfassaden. Erst als sie ihre Zigarette zu Ende geraucht und sie im Aschenbecher ausgedrückt hatte, fiel ihr der Anhänger ein. Er beobachtete im Spiegel, wie sie sich aufsetzte und ihn anlegte, dann die Kette zwischen ihren Fingern hindurchgleiten ließ, bis der Verschluss hinten saß.

«Du behandelst mich nie so», sagte sie.

«Du würdest mich im Schlaf umbringen.»

«Nein. Ich würde dich erst wecken.»

Nach seinem Treffen mit Asher wurde ihm noch deutlicher bewusst, was er alles nicht wusste. Er konnte sie nicht über die Mission im King David ausfragen und achtete weiter auf Hinweise. Ob Erpressung oder Aufklärungsarbeit, sie unternahmen beträchtliche Anstrengungen. Nach allem, was ihr entschlüpft war, rechnete er damit, dass das Ergebnis der Mühe wert sein würde. Hoffentlich, und möglichst bald. Allmählich hasste er Montage.

Wie immer wollte sie, dass er blieb, als wäre sie einsam,

nachdem sie einen Teil von sich verkauft hatte. Er parkte und folgte ihr die Treppe hinauf, dachte, er würde einen einzigen Cognac trinken. In ihrer Wohnung war es heiß, und sie hatte nicht zu Mittag gegessen. Sie legten sich auf ihr Sofa und dösten, die Sonne ätzte helle Felder auf die dünnen Vorhänge, kein Geräusch außer den trillernden Sperlingen, und während er sie im Arm hielt und sich einen Augenblick das Mädchen vorstellte, das durch die herbstlichen Obstgärten gelaufen war, wollte er sie retten. War das Liebe? Später würde er Katja wegen der Erwägung dieses Gedankens um Verzeihung bitten, doch für einen Moment war er trotz all des Leids auf der Welt überzeugt, dass sie glücklich sein könnten.

Um halb sechs verkündeten die Sirenen eine Ausgangssperre. Um sechs konnte jeder, der noch auf der Straße war, verhaftet werden, doch in Wirklichkeit nahm die Polizei nur Juden fest. Aus Protest blockierten die Studenten den Zionsplatz, zerrissen ihre Papiere, und der Kamsin wirbelte Konfetti auf. Die Briten fuhren mit Bussen vor, und als die voll waren, kamen Rungenlastwagen mit Drahtkäfigen. Es war eine Aufführung. Sie konnten nur soundso viele Leute festnehmen. In der nächsten Woche würden sie sie freilassen und es wieder tun.

Für die Studenten war die Verhaftung ein Theaterstück. Alle wussten, was sie zu sagen hatten.

«Name?», fragte der Ermittlungsbeamte.

«Ein rechtmäßiger Bürger von Eretz Israel.»

«Adresse?»

«Die Stadt Davids, im Land Abrahams.»

Die ganze Woche versuchte Brand, sich von der Neustadt und der Altstadt fernzuhalten, doch es gab überall

Kontrollposten. Als er am Donnerstagnachmittag durch die Vorstädte fuhr, ließ die Irgun zwei der Geiseln aus Tel Aviv frei, indem sie mitten auf der Trumpeldor Street zwei Särge ablud. Die Klappdeckel öffneten sich, und die Offiziere stiegen heraus wie auferstandene Tote, wacklig auf den Beinen von den Beruhigungsmitteln, Pfundnoten in die Hemdtaschen gestopft, um den Verschleiß an ihren Uniformen abzudecken. Das Radio stellte es klar. Die anderen drei würden sterben, falls die Briten sich weigerten, die Strafen umzuwandeln.

Im Alaska ging das Gerücht um, dass eine Razzia bevorstand. Zwei von den Kellnern waren nach Marokko gegangen, eine Umschreibung für das Verschwinden im Kibbuz. Während Brand sein Jägerschnitzel aß, sah er, dass mehrere gewöhnlich für Stammgäste reservierte Tische frei waren.

«Flauer Abend», sagte er und bezahlte seine Rechnung.

«Karnickel», sagte Willi. «Kaum hören sie ein Geräusch, hauen sie ab.»

«Du nicht.»

«Wo soll ich schon hingehen? Ich bin hier.»

Als am Freitagabend Mrs. Ohanesians Telefon klingelte und sie ihn nach unten rief, erinnerte Brand sich an Willis Philosophie.

«Hier spricht Mr. Grossman», sagte Fein. «Ich musste kurzfristig meine Pläne ändern. Ich muss meine Fahrt morgen früh absagen.»

Am nächsten Morgen war keine Fahrt vorgesehen. «Tut mir leid. Ich hoffe, es ist alles in Ordnung.»

«Danke, nein. In letzter Minute haben sich ein paar unerwartete Gäste angemeldet, deshalb geht's morgen früh nicht.»

«Würden Sie gern an einem anderen Tag fahren?»

«Nein, ich dachte bloß, ich sollte Ihnen Bescheid geben. Ich muss jetzt aufräumen. Sie dürften früh da sein, und es muss alles weggeräumt werden.»

«Verstehe», sagte Brand. «Viel Erfolg.»

Sein erster Gedanke war davonzulaufen, sich Eva zu schnappen und nach Jaffa zu fahren, aber sie war wie Willi. Selbst wenn es Brand gelang, die Kontrollposten zu passieren, würde sie nicht mitkommen. Er brauchte etwas von ihrer Unnachgiebigkeit, von ihrer Empörung. Wie so viele seiner harschen Wesenszüge, hatte er beides in den Lagern eingebüßt, hatte sich in einen Musterhäftling verwandelt und auf seine Schüssel dünne Suppe gewartet, darauf, dass der Tag zu Ende ging. Dieselbe Geduld, die ihn gerettet hatte, hatte ihn zu einem eingepferchten Tier gemacht. Karnickel, hatte Willi gesagt, und er hatte recht. Hätte Brand einen Kaninchenbau, würde er darin verschwinden, wie die Kellner, die nach Marokko abgehauen waren und der Polizei ein leeres Zimmer hinterließen. Sie würden ihn holen kommen, hatte Fein gewarnt, nur dass er nicht gesagt hatte, Brand solle flüchten. Er hatte ihn aufgefordert, sich darauf gefasst zu machen.

Er fragte sich, ob Eva Bescheid wusste. Mit Sicherheit, aber dennoch war er versucht, Mrs. Sokolov anzurufen, und als er es tat, war Eva nicht da.

«Was soll ich ihr sagen, wer angerufen hat?»

Mr. Grossman, wollte er sagen, doch dazu bestand kein Grund. «Jossi.»

«Oh, hallo, Jossi. Sie kauft auf den letzten Drücker noch etwas ein. Sie wissen ja, dass wir morgen Gäste haben.»

«Hab ich gehört. Haben Sie was Spezielles geplant?»

«Nein, wir werden bloß hier sein und sehen, wie alles läuft. Ich glaube, das ist der beste Plan.»

Das war nicht die Antwort, die er hören wollte. Er sah Ashers Gesicht vor sich, schlaff wie ein verfaulter Apfel, und dachte an Koppelman.

«Viel Glück», sagte er.

«Ihnen auch, Jossi. Ich sag ihr, dass Sie angerufen haben.»

Er brauchte seine Sachen nicht durchzusehen. Er war aus Gewohnheit vorsichtig, als wäre es unvermeidlich, dass seine Wohnung durchsucht wurde. Seine Zigarrenkiste versteckte er nicht in der Gruft. Er wickelte Evas Nachricht und die Hälfte des Geldes in Wachstuch, schlich auf Zehenspitzen nach unten und vergrub das Bündel bei Mondschein unter einem Haufen verwelkter Blumen hinter dem Schuppen des Hausmeisters, alle paar Spatenstiche innehaltend, um sich zu vergewissern, dass es bloß der Kuckuck war, den er hörte.

In der Einfahrt glänzte der Peugeot. Als er den Schlüssel umdrehte, stellte er sich vor, dass Mrs. Ohanesian bei dem Geräusch den Kopf schräg legte wie ihr Wellensittich. Es gab Parklücken vor den anderen Pensionen, doch er wollte nicht, dass die Polizei den Wagen überhaupt zu Gesicht bekam, und fuhr ihn sicherheitshalber in eine ruhige Seitenstraße unterhalb vom Davidsgrab, wo er alle vier Türen kontrollierte, bevor er wieder den Hügel hinaufstieg.

Obwohl er nirgends hinkonnte, wäre er am liebsten geflüchtet. Nachdem er sich ihnen so lange entzogen hatte, fand er es falsch zu kapitulieren. Er war nie gefoltert worden, zumindest nicht fachmännisch, nur von Schnüffler, der ihn getreten hatte, wenn sie sich zum Appell aufstellten, ihn gezwungen hatte, mit dem Gesicht nach unten im

Schnee zu liegen, eine tägliche, sinnlose Quälerei. Er war nicht wie Asher oder Koppelman, er war wie Lipschitz. Vielleicht würde er ihnen alles erzählen und Eva verraten. Wo die anderen wohnten, wusste er nicht. Er nahm an, dass Asher es so vorgehabt hatte. Doch seine sorgfältigen Pläne waren durchkreuzt, weil Brand sich in sie verliebt hatte.

Am Morgen erwachte er mit der Sonne. Noch bevor er sich waschen konnte, kam im Radio durch, dass die Briten die wichtigsten Telefonvermittlungsstellen geschlossen und begonnen hatten, Verdächtige zu verhaften. Sie hatten sich in den Kibbuz Jagur hineingekämpft. Es gab Berichte über Todesopfer.

Fein hatte bezüglich der Operation recht gehabt, lag aber bei der Größenordnung falsch. In Tel Aviv herrschte völlige Ausgangssperre, am Sabbat ein zusätzlicher Affront. Hier hatten sie die westlichen Viertel abgeriegelt, eine Razzia im Hauptquartier der Jüdischen Vertretung durchgeführt und deren Führung verhaftet. Es war ein verwirrender Strategiewechsel. Statt die Irgun und die Stern-Bande zu verfolgen, nahmen sie die Hagana ins Visier, was Brand idiotisch fand. Genauso gut hätten sie versuchen können, das ganze Land zu verhaften. Seltsamerweise gab ihm diese Vorstellung Hoffnung, als wäre er nicht mehr allein.

Er zog sich an und rechnete jeden Moment damit, dass es klingelte. Sein Bett war gemacht, das Geschirr weggeräumt, alles an seinem Platz, wie in einer Zelle, die zur Inspektion bereit war. Es war Monatsende, deshalb lehnte er einen Umschlag mit seiner Miete ans Radio. Er goss den Kaktus, und obwohl es mit Sicherheit nicht regnen würde, schob er das Fenster herunter, sodass es einen Spalt offen stand, setzte sich dann an seinen Tisch und wartete. Nach einer Weile stand er auf und zündete seinen Primuskocher an, um Kaffee zu machen. Er trank ihn in kleinen Schlucken und blickte auf die steinigen Hänge des Friedhofs am Zionstor hinaus, als vor dem Haus plötzlich das leise Grummeln eines Dieselmotors und das Quietschen von Bremsen ertönten.

Wie lange er sich das ausgemalt hatte. Das erste Mal, in Riga, hatten sie ihn auf der Straße verhaftet. Ein Wagen hatte gehalten, und er hatte keine Zeit gehabt wegzurennen. Jetzt war er überrascht, wie gelassen er war, wie schicksalsergeben. Bei einem Sprung aus dem Fenster waren es nur fünf Meter bis zum Boden. Er konnte sich in der Gruft verstecken, in jeder Hand eine Waffe wie ein Bandit aus dem Wilden Westen.

Unten klopfte es. Er hörte, wie Mrs. Ohanesian etwas sagte, dann eine schnarrende Männerstimme. Statt auf sie zu warten, nahm er sich zusammen und durchquerte das Zimmer. Eine Hand auf dem Knauf, warf er einen letzten Blick auf die Wohnung, als würde er nie zurückkommen, und öffnete dann die Tür.

«Bleiben Sie, wo Sie sind», rief am Fuß der Treppe ein Polizist und zeigte auf ihn.

Brand hob die Hände.

Mrs. Ohanesian fasste sich ans Herz, als hätte sie Angst. «Was geht hier vor?»

«Dieser Mann ist verhaftet.»

«Was hat er denn getan?»

«Ist schon gut», sagte Brand, plötzlich stolz auf sie. Sie war aufgeregter als er.

Der Polizist wurde von einem Soldaten der Luftlandetruppen mit leuchtend rotem Barett begleitet. Sie wurden

Poppies genannt und waren berüchtigt für ihre Barschlägereien und ihre übereifrigen Durchsuchungen. Das Treppenhaus war schmal, und die beiden kamen vorsichtig auf Brand zu, als könnte er sich widersetzen. Er streckte die Hände aus, um sich Handschellen anlegen zu lassen, aber der Polizist fasste ihn bloß am Arm.

Er durchsuchte Brands Taschen, sah sich seine Papiere an und beschlagnahmte sie.

«Ich hab die Miete auf den Tisch gelegt», sagte Brand zu Mrs. Ohanesian, als sie ihn abführten.

«Seien Sie still», sagte der Poppy und bog Brands Hand zurück, bis er das Gefühl hatte, er könnte ihm die Finger brechen, und nach Luft rang.

«Sie tun ihm weh!», protestierte sie und folgte ihnen auf die Veranda hinaus.

Brand wand sich in ihrem Griff, und der Poppy verdrehte ihm wieder die Hand, sodass er in die Knie ging. Brand fluchte.

«Ich hab gesagt, Sie sollen den Mund halten.»

«Hören Sie auf!», schrie Mrs. Ohanesian.

Auf der Straße wartete ein Konvoi. Ein Jeep und ein Gefangenenwagen, die einen sandfarbenen Bus mit Maschendrahtfenstern eskortierten, aus dem ein Dutzend Häftlinge schauten. Brand erinnerte sich an den alten Araber mit seinem Karton voller Halstücher, an den flehenden Blick, den er ihm zugeworfen hatte. Brand wollte kein Mitleid. Er wollte sich losreißen und dem Soldaten die Nase zertrümmern, und hätten sie ihn nicht festgehalten, hätte er das auch getan. Als sie ihn zur offenen Tür zerrten, drückte er die Absätze fest auf den Boden, lehnte sich schwer nach hinten, wohlwissend, dass er alles nur noch schlimmer machte. Die Häftlinge zeterten hinter dem Draht und ließen einen Schwall von Flüchen los. «Nazischweine!»

Der Poppy packte Brands Ohr und verdrehte es. Der Schmerz machte alles andere nebensächlich. Brand musste seine ganze Kraft aufwenden, um nicht umzukippen. Bevor er sich erholen konnte, stießen sie ihn in den Bus, und die Türen schlossen sich. Während er staubbedeckt auf der Treppe lag und sein Ohr heftig pochte, klatschten die Häftlinge Beifall, der in seinen Ohren spöttisch klang.

Ein Mann mit frisch aufgeplatzter Lippe streckte die Hand aus, um ihm hochzuhelfen. «Schabbat schalom.»

Friedlicher Sabbat. Ein Komiker.

«Schabbat schalom», sagte Brand und klopfte den Staub ab.

Als sie losfuhren, ging ein Trupp Poppys durch den Garten zur Veranda, und auch wenn sie nichts finden würden, hätte er sich gern bei Mrs. Ohanesian entschuldigt. Er hatte keine Szene machen wollen.

Der Bus war nicht mal halbvoll und stank nach Schweiß und verbranntem Motoröl. Er hatte damit gerechnet, Fein oder Yellin unter den Fahrgästen zu sehen, doch es waren Fremde – alles Männer, mehrere in rabbinischem Schwarz, mit Gebetsschal und Kippa. Manche waren weißhaarig, manche noch Jugendliche. Alle zusammen ähnelten sie eher einem schlichten Minjan oder einer Thoraklasse als einer Geheimarmee.

An der Bahnhofstraße bog der Konvoi zur Montefiore-Windmühle ab. Normalerweise würde es auf den Gehsteigen von Familien in Sabbatkleidung auf dem Weg zur Synagoge wimmeln. Stattdessen wirkte das Viertel evakuiert. Kurz hinter der Windmühle, vor einem Wohnblock, dessen Dach mit Terrakottaziegeln gedeckt war, kamen sie schlingernd zum Stillstand. Schweigend beobachteten die Häftlinge, wie die Polizisten und der Poppy zur Haustür gingen und klopften.

«Fünf Mils, dass er ein Kämpfer ist», sagte sein blutverschmierter Sitznachbar zum ganzen Bus.

«Ich hab fünf.»

«Machen wir zehn draus.»

Er hatte vergessen, was Langeweile bewirken konnte. In den Lagern hatten sie vom Wetter bis zu den Ratten, bis hin zu Leben und Tod auf alles gewettet. Er hatte das erbärmlich gefunden, aber es verkürzte die Zeit.

Der Mann, der schließlich herauskam, war groß wie ein Bär, ein junger Chasside mit dunklen Schläfenlocken und buschigem Bart. Er überragte den Poppy deutlich, dennoch zog er seinen Hut ab, stapfte zwischen ihnen den Weg herab und ließ den Kopf hängen, als wäre er schuldig.

«Pff», stieß einer der Wettenden aus.

Ein anderer schnalzte mit der Zunge, und Brand begriff, dass sie den Jubel für ihn ernst gemeint hatten.

Er hatte vorgehabt, friedlich zu bleiben. Doch sein Ärger blieb und wuchs bei jedem Stopp. Er jubelte denen zu, die sich wehrten, und stimmte in den Chor der Verachtung ein, der auf die Poppys einprasselte, wie es später auch der große Chasside tat. Egal wie widerstandslos sie gekommen waren, hinter den Drahtfenstern waren sie ein Pöbel, mit dem grausamen Humor eines Pöbels. Sie johlten und warfen Münzen, wenn die Poppys ihnen den Rücken zukehrten, bis ein Trupp in den Bus stieg, von Reihe zu Reihe ging, sie zwang, die Taschen zu leeren, und sie verprügelte, wenn sie zögerten. Brand, der die Dumpfheit in den Lagern gewohnt war, bewunderte ihren Ungehorsam. Als er an der Reihe war, tat er so, als würde er nichts verstehen, und antwortete auf Lettisch, worauf man ihm einen Schlag auf sein schmerzendes Ohr versetzte und ihm Tränen in die Augen stiegen.

Auf dem Polizeirevier erwartete er, dass es so weiterging, doch statt von mehreren Vernehmungsbeamten in einer schäbigen Zelle verprügelt zu werden, tippte ein Sachbearbeiter mit schlechten Zähnen und perfekter Haltung die Angaben auf seine Papiere und gab sie ihm zurück. Eine weitere Busladung traf ein. Es gab nicht genug Bänke für alle, und nachdem man Brands Fingerabdrücke genommen hatte, musste er sich nach draußen in einen schattenlosen Hof begeben und in einer Schlange darauf warten, in einen anderen Bus zu steigen. Die Poppys hielten mit Maschinenpistolen Wache. Er dachte an Katja und den Bahnhof in Rumbula und biss die Zähne zusammen. Hoffentlich war Eva in Sicherheit.

Einem dicken Jemeniten zufolge, der mit seinem Goldohrring wie ein Pirat aussah, ging das Gerücht, dass sie ins Gefangenenlager in Rafah unten an der ägyptischen Grenze oder in das alte Gefängnis in Akkon nördlich von Haifa kämen, das am Wasser lag und viel schöner war. Sarafand, Netanja, Petach Tikwa. Wieder wetteten sie, als machten sie sich über ihr eigenes Schicksal keine Gedanken. In Eritrea hatten die Briten ein geheimes Lager für prominente Juden reserviert, doch man stimmte widerwillig überein, dass, sofern er nicht erstklassig verkleidet war, niemand im Bus wie ein Prominenter aussah. Erst als sie westwärts durch die Wüste fuhren, begriffen sie, dass ihr Ziel Latrun war, und die Nachricht löste erleichtertes Gelächter aus.

Von allen Lagern war es das nahegelegenste. Brand sah das nicht als Sieg an.

Aus der Ferne betrachtet, hätte das Lager ein Kibbuz sein können, ein Wasserturm, der über staubigen Restbeständen von Zelten thronte, das Ganze von Stacheldraht gesäumt. Als der Bus das Tempo drosselte und zwei Wachen das Tor öffneten, um sie hereinzulassen, spürte er, wie sich ihm die Kehle zusammenschnürte, und schnappte nach Luft. Auf dem Exerzierplatz warteten in der brennenden Sonne Sachbearbeiter an Tischen auf sie, die Register griffbereit. Als würde er noch einmal einen Traum durchleben, wusste Brand genau, was als Nächstes passieren würde. Man würde sie trennen, ihnen Kleidung und Schuhe wegnehmen, sie wehrlos und nackt wie die Tiere zurücklassen. Dann würde die Selektion beginnen.

Beruf?

Mechaniker, hatte Brand gesagt, und das war seine Rettung gewesen.

Wie viele andere dachten gerade dasselbe? Als der Bus das Tor passierte, schloss sich ihnen ein Trupp Poppys an, die Maschinenpistolen vor die Brust gehalten. Niemand pöbelte sie an.

Im Gegensatz zu den Deutschen waren die Briten erstaunlich desorganisiert. Lange ging es in Brands Schlange nicht vorwärts, auch wenn sich niemand beklagte. Als er endlich am Tisch anlangte, informierte ihn der Beamte, der sich wie ein Kellner entschuldigte, dass keine Uniformen mehr da seien. In dem Zelt, dem er zugewiesen wurde, gab es nicht genug Feldbetten. Er und zwei andere Männer mussten, nur mit einer dünnen Decke als Polster, auf dem Boden schlafen, und am Morgen tat ihm die Hüfte weh.

Latrun war als Versorgungsstützpunkt konzipiert, nicht als Gefängnis. Wasser war rationiert, die Latrinen liefen über, und immer noch kamen Busse. Im Zelt stank es nach Körperschweiß, aber nach einer Weile roch Brand sich nicht mehr. Es erinnerte ihn an das Durchgangslager bei Triest, in dem er eine Woche verbracht hatte, bevor er in See gestochen war, wo alle an Ruhr erkrankt waren. Hier lagen die Tage leer vor ihnen wie die Wüste und erstreckten sich auf allen Seiten bis zum Horizont. Es gab keine Arbeitseinsätze, keine Bücher, keine Spielkarten, als würden die Hitze und die schiere Langeweile von ihnen ein Geständnis erzwingen. Es gab keine Nachrichten, nur Gerüchte, und ihm fehlte sein Radio. Während er darauf wartete, verhört zu werden, rief er sich Dinge ins Gedächtnis, die er vergessen musste, wie die Initialen auf Ashers Koffer, Emilie de Rothschilds Anwesenheit in dem Zug und Gideons Narbe. Er wusste, dass die Irgun Major Chadwick nach Nablus gebracht hatte und im King David irgendwas Großes plante. Er hatte es kaum ausgehalten, dass der Poppy ihm das Ohr verdrehte. Welche Chance hatte er da gegen einen ausgebildeten Vernehmungsbeamten?

Morgens, nachdem das Zelt zum Abzählen angetreten war, las der Master Sergeant die Namen der wenigen Pechvögel vor. Sie verabschiedeten sich, rechneten letzte Wetten ab, während sie ihre Feldbetten abzogen, und sammelten ihre Habseligkeiten ein. Ob schuldig oder unschuldig, sie kamen nicht zurück. Jeden Morgen rechnete Brand damit, dass der Master Sergeant seinen Namen aufrief, aber im Lauf der Zeit begann er mit dem absurden Gedanken zu spielen, dass sie ihn vergessen hatten oder einfach zu beschäftigt waren. Doch eines Morgens blickte der Master Sergeant von seinem Klemmbrett auf und rief: «Jorgenen.»

An seinem Ton glaubte Brand zu erkennen, dass er wusste, dass der Name falsch war. Raffiniert. Sie ließen ihn glauben, er sei in Sicherheit, um ihn leichter brechen zu können.

«Hier», sagte er.

«Vortreten.»

Wie ein Freiwilliger gehorchte er.

Statt in einen Kerker mit feuchten Wänden brachten sie ihn in ein Zelt auf der anderen Seite des Exerzierplatzes, wo er, nachdem er stundenlang in der dörrenden Sonne gestanden hatte, die stickige Dunkelheit betrat und sich einem Kriminalbeamten mit schütterem rotem Haar, massenhaft Sommersprossen und einem schmalen Schnurrbart gegenübersetzte. Die rechte Hand des Mannes war bandagiert, sodass es ihm schwerfiel, die Seiten des vor ihm liegenden Berichts umzublättern, und er roch nach blumigem Kölnischwasser. Brand hatte einen teuflischeren Inquisitor erwartet und dachte, es könnte ein Trick sein.

«Name?», fragte der Mann.

Brand nannte ihn.

«Ist das Ihre derzeitige Adresse?»

«Ja.»

«Wie lange wohnen Sie da schon?»

«Acht Monate.»

«Wurden Sie schon mal verhaftet?»

«Nein.»

Alles, was ihn der Mann fragte, stand in dem Bericht, und doch hatte Brand bei jeder Antwort das Gefühl, sich weiter zu belasten. Der Mann schrieb nichts auf, manchmal schien er nicht mal zuzuhören, er musterte Brand bloß, während er antwortete, legte den Kopf schräg und betrachtete die Flächen seines Gesichts wie ein Chirurg.

«Sind Sie sicher, dass Sie noch nie verhaftet wurden?»

«Ja, Sir.»

«Kann ich Ihre Papiere mal sehen?»

Brand faltete sie auseinander.

Der Mann blickte von dem körnigen Foto von Brand zu seinem Gesicht, als könnten sie sich unterscheiden, und schlug dann einen dicken Hefter voller Polizeifotos auf. Er leckte an der Fingerspitze und blätterte zögernd, mit beleidigender Bedächtigkeit, die in Zellophan gehüllten Seiten durch, saugte an den Zähnen, wodurch sein Schnurrbart zuckte, hielt von Zeit zu Zeit inne und sah Brand mit zusammengekniffenen Augen an, um ihn mit den Gesuchten abzugleichen. Schließlich schlug er den Hefter zu und legte ihn beiseite. Er streckte Brand seine Papiere entgegen, ließ aber, als Brand sie nehmen wollte, nicht los. Er kam näher, reckte sich über den Tisch, bis ihre Gesichter nur noch wenige Zentimeter voneinander entfernt waren, als wollte er ihm ein Geheimnis anvertrauen.

«Jossi Jorgenen», sagte der Mann, sah in seine Augen wie ein Gedankenleser, und Brand hatte Angst zu blinzeln.

«Ja.»

«Wissen Sie, warum Sie gefangen gehalten werden?»

«Nein.»

«Weil uns jemand Ihren Namen genannt hat. Wissen Sie, wer das war?»

Lipschitz. Asher. Aber genau darauf war der Mann aus.

«Nein.»

«Wollen Sie es nicht wissen?»

Eva hatte gesagt, sie hätten Leute bei der Kriminalpolizei. «Nein», sagte Brand.

Der Mann ließ die Papiere los und lehnte sich zurück, die Arme vor der Brust verschränkt, als hätte er gewonnen. «Ich will, dass Sie an diese Person denken, wenn Sie fotografiert werden. Ich will es in Ihrem Gesicht sehen.» Er winkte die Wache mit dem Finger heran. «Auf Wiedersehen, Mr. Jossi Jorgenen, und viel Glück.»

Im nächsten Zelt stand Brand still und versuchte, an nichts zu denken, während der Fotograf ihn blendete, dann folgte er der Wache zur Lagerwäscherei, um seine Decke abzugeben. Er hatte keine persönlichen Besitztümer einzufordern, unterschrieb bloß, wo es ihm der Beamte zeigte, und war offiziell entlassen. Der Vernehmungsbeamte hatte ihm Angst eingejagt, und er war erleichtert, nicht im Gefängnis zu landen. Die anderen bedingt Entlassenen, die auf den Bus warteten, waren größtenteils Studenten. Sie sahen das Ganze als Witz an, rissen gegenüber den Wachen die Klappe auf und sangen Protestlieder. Jemand begann «Hatikwa» zu singen, und Brand stimmte ein, brüllte es hinaus, um den Poppys zu zeigen, dass sie den Leuten nicht die Hoffnung nehmen konnten. Erst auf der Rückfahrt nach Jerusalem ließ der Taumel der wiedererlangten Freiheit nach, und er begriff, dass sie, auch wenn er nichts gesagt hatte, jetzt eine Akte über ihn besaßen.

Vom Polizeihauptquartier ging er zu Fuß zu Eva, nahm eine gewundene Strecke durch die Altstadt und schlich durch Gassen und über Höfe, um sicherzugehen, dass ihm niemand folgte. Die Ausgangssperre war vorbei. Während seiner Gefangenschaft hatten die Briten die Todesstrafen aufgehoben. Am nächsten Tag ließ die Irgun die Offiziere frei, als wären beide Seiten quitt. Brand war die ganze Zeit nur eine Schachfigur gewesen.

Eva war in Sicherheit. Sie hatten ihre Wohnung nicht durchsucht. «Du stinkst», sagte sie und stieß ihn weg, bevor sie ihn mit einem dürftigen Kuss belohnte.

«Was ist mit den anderen?», fragte er.

Sie fixierte ihn mit einem Blick, als hätte er es wissen müssen. «Du bist der Einzige, der verhaftet wurde.»

«Seltsam», sagte er, aber später, als er in der beginnenden Dämmerung nach Hause ging und die Schwalben die Luft durchschnitten, fragte er sich, was das bedeutete. Dass er entbehrlich war. Dass er ein Lockvogel war. Aber warum sollten sie überhaupt die Aufmerksamkeit auf sich ziehen, es sei denn, jemand wollte ihn loswerden? Es war möglich, dass Lipschitz ihn verraten hatte, aber in diesem Fall hätten sie ihn nach Asher gefragt. Pincus, Scheib, Greta. Victor, Gideon. Edouard. Wie sehr Brand auch überlegte, es ergab keinen Sinn, und mit der Ungeduld eines Menschen, der tagelang nicht geschlafen hat, kam er zu dem Schluss, dass der Vernehmungsbeamte das jedem sagte.

Der Peugeot stand da, wo er ihn abgestellt hatte, glänzend unter einer Laterne. Brand verspürte eine Woge des Stolzes, als hätte er die gesamte britische Armee überlistet. Er blickte ihn nur im Vorbeigehen an, als ob er nicht ihm gehörte, und versprach sich, dass er sich am nächsten Tag die Zeit nehmen werde, ihn einzuwachsen.

Obwohl die Veranda der Pension dunkel war, waren Mrs. Ohanesians Fenster erleuchtet. Sie passte ihn ab, bevor er die Treppe erreichen konnte.

«Vor kurzem sind ein paar Männer vorbeigekommen. Sie haben gesagt, sie sind von der Polizei. Ich hab gesagt, Sie würden arbeiten.» Anscheinend wartete sie auf Anerkennung, als wäre das ein genialer Schachzug gewesen.

«Was wollten sie?»

«Sie wollten sich Ihr Zimmer ansehen. Ich hab ihnen den Schlüssel gegeben. Tut mir leid. Mir blieb nichts anderes übrig.»

«Danke, dass Sie's mir sagen.»

«Keine Ursache», sagte sie mit nachbarlichem Mitgefühl. «Leider haben sie ein Chaos angerichtet. Ich hab so gut wie möglich aufgeräumt.»

Er bedankte sich noch mal und stieg die Treppe hinauf, auf das Schlimmste gefasst, und als er den Kocher angezündet und den Docht eingestellt hatte, sah er plötzlich das Radio. Das Plastikgitter war zerbrochen, eine Ecke des cremeroten Bakelitgehäuses abgesplittert. Wahrscheinlich hatten sie es fallen lassen, ein unglückliches Versehen. Durch das schartige Loch konnte er die Röhren im Inneren sehen – noch intakt, soweit er das beurteilen konnte. Mrs. Ohanesian hatte die Bruchstücke aufbewahrt, als könnte Brand sie wieder ankleben. Er erwartete nicht, dass das Radio funktionieren würde, stöpselte es aber trotzdem in die Steckdose und schaltete es voller Hoffnung ein.

Es war tot.

«Scheißkerle.»

Der Rest der Wohnung war ordentlich. Er besaß so wenig, dass er sofort sah, ob etwas fehlte, und als er sich umblickte, fiel ihm auf, dass das Fensterbrett nackt war, der Fußboden darunter saubergefegt, kein verräterischer Schmutz. Er dachte, er würde den Kaktus im Abfall finden, der Topf zertrümmert, aber da war nichts. Er sah überall nach und entdeckte dabei, dass seine Zigarrenschachtel leer war.

«Miese Schweine.»

Was wollten sie bloß mit einer Pflanze? Er fragte sich, ob Mrs. Ohanesian sie verdorrt auf dem Boden gefunden und weggeworfen hatte.

«Davon hab ich nichts gesehen», sagte sie ratlos.

«Haben Sie das Fenster geschlossen?»

Natürlich hatte sie das, dann hatte es bei der Wohnungsdurchsuchung also offen gestanden. Jetzt ergab alles einen Sinn. Er tappte mit einer Taschenlampe um die Rückseite des Hauses herum und stapfte durch die Grüfte, bis er direkt unter seinem Fenster war, ging dann Schritt für Schritt vorwärts und ließ den Strahl über Unkraut, Steine und Glasscherben gleiten. Die Nacht war dunkel, und er war erschöpft, und als das Licht der Taschenlampe schwächer wurde, beherzigte er das Zeichen, stieg wieder die Treppe hinauf und legte sich schlafen. Am Morgen ging er nach unten, um noch mal nachzusehen, fand aber den Kaktus nicht.

10 Am Freitagabend war sie beschäftigt, also arbeitete er länger, um das Geld wieder zu verdienen, das sie ihm gestohlen hatten. Sobald die Sonne unterging, waren die westlichen Vororte Geisterstädte, doch in der Neustadt wimmelte es von Neonlichtern, und die Studenten füllten die Jazzclubs rings um den Zionsplatz, standen rauchend auf den Gehsteigen oder rasten auf ihren Motorrädern an ihm vorbei. Es hätte genauso gut Rom sein können. Der unbekümmerte Trubel der Kriegszeit. Jede Nacht konnte ihre letzte sein. Nach den Wochen der Ausgangssperre waren alle, die sich nicht auf den Sabbat vorbereiteten, auf den Straßen, und Brand, der gottlose Profiteur, machte Kasse und fuhr die vornehmen Leute von den Touristenhotels zu den Restaurants in der Ben Yehuda Street, die Schwarzmarkt-Scotch und Kaviar direkt von der Wolga im Angebot hatten.

In der Ruhepause wurden die großen gesellschaftlichen Ereignisse des mondänen Jerusalem mit einem Tanzdinner im King David wiederaufgenommen, ausgerichtet von Katy Antonius, der Witwe eines arabischen Prominenten, die das Vermögen ihres Mannes ausgab und sich bei der Mandatsregierung einschmeichelte. Ihre Gästeliste war katholisch und international, eine Mischung aus Witwen und Diplomaten, Finanziers und Journalisten, um deren Anschauungen sie mit Chateaubriand und altem Portwein buhlte. Brand hatte gerade den Schweizer Konsul und seine Geliebte aussteigen lassen und zählte sein karges Trinkgeld, als drei Autos hinter ihm, ehrwürdig wie ein rauchgrauer Leichenwagen, der Daimler die Einfahrt hinaufglitt.

Alle vier Türen öffneten sich, bevor die Hoteldiener sie erreichten, und aus dem Wagen stieg Emilie de Rothschild, die Brand nicht mehr sehen sollte. Sie war größer und blonder, als er sie in Erinnerung hatte, und besaß die makellose Haut eines Filmstars. Sie trug Schwarz, ihr hochgeschlitzter Rock enthüllte eine fohlenhafte Flanke. Er faltete die Geldscheine zusammen, schob das Bündel in seine Tasche und blickte dann, wohlwissend, dass er widerstehen sollte, wieder in den Spiegel. Den Fahrer, ebenfalls groß und blond, kräftiges Kinn, vielleicht ein Amerikaner, kannte er nicht, doch den drahtigen Mann, dunkelhäutig wie ein Jemenit, der in einem schönen Nadelstreifenanzug vom Rücksitz stieg, identifizierte er – noch bevor er die Narbe sah – als Gideon. Die Letzte dieses Quartetts, halb vom Wagen verdeckt, als sie sich auf dem Bordstein zu den anderen gesellte, bezaubernd in ihrem roten Kleid, dessen Reißverschluss Brand schon ein dutzendmal zugemacht hatte, war Eva.

Ob dreistes Attentat oder weitere Erkundung, die Mission roch nach Asher. Brand begriff, dass der einzige Grund, warum er nicht selbst dabei war, sein Gesicht war. Wie Begin musste er sich jetzt in seinem Kampf vertreten lassen. Brand dachte, dass es ihm schwererfallen würde, in Nablus zu warten, doch wie er Asher kannte, plante er wahrscheinlich schon die nächste Operation.

Gideon nahm Evas Hand, der Fahrer die von Emilie de Rothschild, und sie begaben sich zu den anderen Paaren drinnen.

Hatten sie ihn gesehen, wachsam wie Spione gegenüber jedem Detail, oder waren sie zu sehr damit beschäftigt, ihre Rollen zu spielen? Er hätte sie fahren können. Vielleicht trauten sie ihm nach seiner Verhaftung nicht mehr, und sie konnte es ihm nicht sagen. Während er darüber nachgrübelte, was das alles bedeutete, fuhr ein Hoteldiener den Daimler an ihm vorbei links auf den Julian's Way, blinkte und bog wieder in die Einfahrt, wo er dem Wagen wie für eine schnelle Flucht einen privilegierten Platz vorn in der Schlange verschaffte. Es war möglich, dass auch er zu ihnen gehörte, der Plan auf die Sekunde ausgefeilt. Da Brand nicht daran beteiligt war, kam er zu dem Schluss, dass es besser war zu verschwinden. Doch als er im Peugeot die Einfahrt hinunterrollte, machte er ein finsteres Gesicht, die Stirn in Falten gelegt, als wäre er sich nicht sicher.

Sie hatte ihm nichts gesagt, genauso wie er, zu ihrer eigenen Sicherheit, ihr nichts von Major Chadwick gesagt hatte. Er hatte Schuldgefühle gehabt, weil er ihr dieses tödliche Geheimnis verschwieg, doch letztlich hatte Asher recht: Sie brauchte es nicht zu wissen. Er konnte ihr keinen Vorwurf machen. Sie hielten sich nicht ohne Grund ans Protokoll.

Aus demselben Grund fragte er, als er am Abend des nächsten Tages neben ihr lag, nicht, was für eine Mission es war, oder wie spät und mit wem sie nach Hause kommen würde. Es ging nicht bloß ums Protokoll. Seit seiner Freilassung verwöhnte sie ihn, buk Kekse und sang ihm im Bett etwas vor, als wäre er jahrelang weg gewesen. Sie erzählte Geschichten von ihrem Bruder und ihrer hellsehenden

Großmutter und summte Schlaflieder aus ihrer Kindheit, den Kopf auf seine Brust gelegt, ihr Haar nach Vanille duftend. Dösig vom Brandy, hielt er sie in der warmen Dunkelheit fest und wollte den Zauber nicht brechen.

Normalerweise war sie sonntagnachts lieber allein, aber diesmal bat sie ihn zu bleiben. Sie bereitete ein aufwendiges Coq au Vin zu und öffnete nach dem Essen eine erlesene Flasche Cognac, die sie aufbewahrt hatte.

«Was ist der Anlass?»

«Das tue ich jeden Sonntag. Du bist bloß nie da.»

Später, als sie langsam zum Grammophon tanzten, ihr Kopf an seine Schulter geschmiegt, räusperte sie sich und begann zu zucken, und er begriff, dass sie weinte. Der Ehemann. Vielleicht Hochzeitstag. Er war so klug zu schweigen, statt zu fragen, was los sei, wiegte sich weiter und rieb ihr den Rücken. Bevor der Song endete, erholte sie sich, tupfte mit dem Fingerknöchel nach einer Träne und lächelte über ihre eigene Dummheit, wobei ihre Narbe wie ein verzerrtes Grübchen aussah. Wie üblich sah er sie, als stünde er in einer Ecke des Zimmers, und fragte sich, was Katja wohl denken würde. Brand, der Schwächling, Brand, der Leichtgläubige.

«Weißt du noch, wie du gesagt hast, wir könnten überall auf der Welt hingehen?», sagte sie schniefend. «Wohin sollten wir gehen?»

«Direkt hierher», sagte Brand.

«Nein, weit weg. Irgendwohin, wo uns niemand stören würde.»

«Tahiti.»

«Da will ich hin.»

«Dann gehen wir», sagte er. «Ich habe Geld.»

«So viel Geld hast du nicht.»

«Wir wohnen in einer Grashütte direkt am Strand, und ich fange Fische fürs Abendessen.»

«Wir schlafen in einer Hängematte», sagte sie.

«Und schütteln Kokosnüsse von den Bäumen.»

«Du würdest dir einen Sonnenbrand holen.»

«Du auch.»

«Ich würde braun werden und eine Blume im Haar tragen.»

Es schien ihr wieder besserzugehen, doch er wusste, dass sie nur ihm zuliebe mitspielte. Ihre Tränen waren real, ihr Lachen gespielt, während Brands Optimismus unaufrichtig war und das offene Grab der Vergangenheit nie ganz kaschierte. Wann machten sie sich nichts vor?

Im Bett bekam er den Ehemann und Katja nicht aus dem Kopf und fiel dann einem wirren Albtraum zum Opfer, in dem Ashers Gesicht mit seinem verschmolz, das verletzte Fleisch verfault und weich wie ein alter Kürbis. Er saß in seinem Wagen und wartete vor dem Kontrollposten am Zionstor. Irgendwie wusste er, dass sie wussten, wer er war, und um sich zu tarnen, kratzte er mit den Fingernägeln feuchte Hautstreifen ab. Während sein Mund sich mit Blut füllte, salzig wie Meerwasser, verschwand erst Ashers und dann sein eigenes Gesicht, und die Augen, die ihn aus dem Rückspiegel beobachteten, waren nicht länger seine, sondern die von Koppelman, und rollten zurück wie damals, als Schnüffler ihm den Schädel zerschmettert hatte. Die Tommys kamen mit ihren Hunden. Die Autos vor und hinter ihm standen zu dicht, und es gab keinen Ausweg. Am Morgen gab er dem Coq au Vin die Schuld und erzählte es Eva nicht.

Wie jeden Montag brachen sie um halb zwölf zum King David auf. Sie war gern früh dran, genau wie er, eine weitere Art, auf die sie verständnisvoll waren. Am Zionstor ging es nur langsam voran, was ihm die Gelegenheit gab, von einem geschäftstüchtigen Zeitungsjungen eine *Post* zu kaufen. Doch sie kamen problemlos durch. Sie nahmen die Abraham Lincoln Street und ließen die Altstadt hinter sich. Es war heiß, sie fuhren mit offenen Fenstern, und Evas Haar wehte vor ihr Gesicht wie ein zweiter Schleier. Fast wünschte er, er wäre nicht über Nacht geblieben. Nachdem sie sich so nah gewesen waren, fiel es ihm schwerer loszulassen. Er würde sich nie daran gewöhnen, sie abzuliefern. Er rollte die Einfahrt hinauf und nahm die letzte schattige Parklücke unter dem Portikus. Es war fast so weit.

«Sieh mich nicht so an», sagte sie und machte sich im Spiegel die Haare.

«Warum nicht?»

Sie schwang ihren Anhänger nach ihm wie einen Talisman. «Weil ich dich liebe, Dummkopf.»

Er lachte, als wäre es ein Scherz. Doch innerlich war er ganz aus dem Häuschen. Das hatte sie noch nie gesagt.

«Küss mich», sagte sie.

«Hier?»

Er drehte sich auf dem Sitz um, damit sie ihn erreichen konnte.

Sie nahm sein Gesicht in beide Hände. «Ich will das nicht tun, aber es muss getan werden. Bitte versteh.»

«Tu ich», sagte er, denn sie meinte es ernst. Bevor sie aufbrachen, hatte sie einen doppelten Cognac getrunken, und die ganze letzte Woche war sie gefühlvoll gewesen und hatte davon gesprochen, wie sie nach dem Krieg ihren Bruder gesucht hatte. Brand hatte es ihr nachgetan und gesagt, er habe niemanden aus seiner Familie gefunden, doch die Geschichte vom Krähenwald hatte er ausgelassen. Jetzt kam er sich egoistisch vor.

«Denk an Tahiti.» Sie kramte in ihrer Handtasche nach der Puderdose und fixierte den Lippenstift. «Geh was essen. Ich denke nur ungern daran, dass du auf mich wartest.»

«Macht mir nichts aus.»

«Mir aber. Fahr bitte.»

«Heute Abend gehen wir aus», schlug er vor, während sie davonging.

Er wusste nicht genau, ob sie es gehört hatte. Sie drehte sich um und warf ihm eine Kusshand zu, bedeutete ihm, dass er wegfahren sollte. Der Portier hielt ihr die Tür auf, und dann war sie verschwunden.

Wie um seine Ergebenheit zu beweisen, blieb er. Der stoische Brand. So sehr er Montage hasste, er hatte seine gewohnten Abläufe, und um diese Tageszeit war es eine Belohnung, ein schattiges Plätzchen zu finden. Der mittägliche Andrang begann, und die Bar im Foyer füllte sich mit Geschäftsleuten. Er schlug die *Post* auf, breitete sie aufs Lenkrad und machte es sich gemütlich. Der Hochkommissar war für ein Treffen mit Churchill nach Whitehall zurückgekehrt. Das Anglo-Amerikanische Komitee besuchte gerade Polen, um über die Zukunft der europäischen Juden zu entscheiden. Während er in die Artikel vertieft war, drängte sich der Traum von letzter Nacht dazwischen, und seine Nägel gruben sich in Ashers Gesicht und kratzten seine Haut wie eine Schale weg. Er war überrascht, dass Lipschitz nicht erschienen war, der ihn doch ständig heimgesucht hatte, oder Katja. Von seinen Eltern träumte er nie, er stellte sich bloß vor, wie sie Hand in Hand die verschneite Straße entlanggeführt wurden, was Wunschdenken war und wahrscheinlich nicht stimmte, und musste wie jetzt den Kopf schütteln, um den Gedanken zu verscheuchen.

Er schaltete das Radio an – Klaviermusik. Nicht die beruhigenden Sätze, die Mrs. Ohanesian bevorzugte, sondern ein wildes Gewitter von Noten, die die Tonleiter wie eine Treppe auf und ab rasten, und er drehte es leiser.

Er war gerade mitten im Leitartikel, der Mutmaßungen darüber anstellte, wie die Jüdische Vertretung funktionieren würde, wenn die meisten ihrer Führungskräfte im Gefängnis saßen, als plötzlich ein Poppy mit einer Maschinenpistole aus der Eingangstür kam, sich zum anderen Ende der Einfahrt schlich und über die Mauer spähte. Unten gab es einen tiefer gelegenen Lieferanteneingang, wo Lastwagen ihre Waren hinbrachten, eine Tatsache, die Brand auf seiner Karte festgehalten hatte, und während er sich die Möglichkeiten ausmalte, hob der Poppy den Schaft an die Schulter und feuerte.

Der Portier rührte sich nicht vom Fleck, als wäre das Ganze normal. Brands erster Gedanke war, die Zeitung fallen zu lassen und den Rückwärtsgang einzulegen, doch aus Angst, die Aufmerksamkeit auf sich zu ziehen, blieb er, wo er war.

Der Poppy feuerte eine zweite Salve ab. Dann folgte ein Knattern, weil unten jemand das Feuer eröffnete, er duckte sich und hörte danach das *Pap! Pap!* einer einschüssigen Pistole. Von unten stieg eine dicke graue Rauchwolke auf, die ihn einen Augenblick verdeckte, bis er sich, die Waffe in der Hand, den Lauf auf den Boden gerichtet, zurückzog und auf die Eingangstür zulief. Der Portier ließ ihn herein, als wäre er ein Hotelgast, und trat wieder zur Seite.

Nach einer Weile verzog sich der Rauch und hinterließ einen bitteren Geschmack. Eine Rauchgranate. Asher hatte ihm im Labor eine gezeigt. Sie waren teuer und schwer zu bekommen.

Keine anderen Soldaten kamen herausgerannt, keine Sicherheitsleute des Hotels. Wahrscheinlich waren sie im Keller, und Brand dachte, dass er losfahren sollte, solange er noch die Gelegenheit hatte, nur dass Eva noch drinnen war. Sie hatte ihn aufgefordert zu fahren. Er hatte nicht auf sie gehört, und jetzt war es zu spät. Von der Straße drang, fürchterlich wie ein Blitzschlag, ein Knall wie bei der Explosion des Postwaggons herüber. Als er sich dem Lärm zuwandte, sah er einen Bus, der wie ein von einer Flutwelle getroffener Frachter krängte. Er neigte sich gefährlich, stand einen Augenblick auf zwei Rädern, bevor er umkippte und mit einem Getöse, das den Peugeot erzittern ließ, auf der Seite landete.

Das konnte der Portier nicht ignorieren, und obwohl Brand wusste, dass die Explosion wahrscheinlich Ashers Werk war, warf er seine *Post* beiseite, schloss sich ihm an und lief die Einfahrt hinunter, um zu sehen, wie er helfen konnte. Auf der anderen Seite des Julian's Way hatte die Bombe die Schaufenster bersten lassen. Die Leute taumelten auf die Straße, wackelig auf den Beinen vom Schock. Ein staubiger Jeep stand seitlich mitten auf der Straße. Ihr Gesicht umklammernd, kam eine Frau in Khakiuniform auf sie zugewankt, zwischen ihren Fingern quoll Blut hervor. Der Portier fasste sie am Arm und half ihr zum Bordstein, während Brand weiterlief. Die Soldaten aus dem Wachhäuschen stiegen schon in den Bus. Die Luftschutzsirene heulte auf und erfüllte den Himmel mit ihrem Warnton, als stünde noch mehr bevor.

«Wegbleiben!», befahl ein Poppy und streckte die Hand aus wie ein Verkehrspolizist, und Brand lief um die andere Seite herum, wo aus dem verrosteten Fahrgestell Diesel auslief und ein Soldat eine stöhnende Araberin in seine Arme herabließ. Sie war alt und leicht wie Feuerholz. Sie hatte sich die Schulter gebrochen und schrie bei jedem seiner Schritte auf. Da er nicht wusste, wo er sie hinbringen sollte, ging er auf den Bordstein und die blutende Engländerin zu, bis ein Soldat ihn durch den Stacheldraht neben dem Wachhäuschen zu einem Fußweg wies, der direkt zum Südflügel und dem plötzlich unbewachten Eingang des Sekretariats führte.

War das Ashers Plan? Brand stellte sich vor, wie die Frau – jeder im Bus – eine Granate unter ihrer Burka schmuggelte, nur dass ihr Arm unbrauchbar und ihre Schreie real waren, und bevor Brand das Wachhäuschen erreichte, traf ein weiterer Trupp Poppys ein, nahm ihm die Frau ab und lotste ihn zur Straße zurück. Die Diesellache hatte sich ausgebreitet, und der Asphalt war ein Gewirr von Fußspuren. Er rechnete damit, dass überall Nägel und Schrauben verstreut waren, doch da waren bloß ein paar schartige Blechfetzen – der Behälter der Bombe, was auch immer es gewesen war. Jemand hatte eine Trittleiter an den Bus gestellt, und eine Gruppe von Helfern reichte die Verletzten herunter. Er half einer weiteren Großmutter, die sich mehr Sorgen wegen ihrer fehlenden Schuhe als wegen ihrer klaffenden Stirnwunde machte. Während er sie zum Wachhäuschen trug und versprach, nach den Schuhen zu suchen, drang das Geschnatter mädchenhafter Stimmen von oben herab. An der imposanten Steinfassade des Südflügels waren die Büroangestellten der Mandatsregierung auf den Balkonen aufgereiht und begafften das Blutbad. Weiter oben stand eine schwarzhaarige Frau mit knallrotem Lippenstift an der Dachkante und spähte mit einem Feldstecher herunter. Auf diese Entfernung war es nicht zu erkennen, aber bevor er ihre weiße Bluse bemerkte, dachte er einen Augenblick, es könnte Eva sein.

Unmöglich, es sei denn, sie war verkleidet. Er würde es ihr oder Asher zutrauen. Er war nicht zum Spion geschaffen. Sie würden ihm stets einen Schritt voraus sein.

Er übergab seinen Schützling einem Soldaten. Als er wieder nach oben blickte, war die Frau verschwunden.

Im Bus lagen Dutzende von Sandalen, manche von ihnen blutbefleckt. Die Soldaten hatten kein Interesse, sie herauszuholen, und scheuchten Brand zum Gehsteig auf der anderen Straßenseite. Vor einer Apotheke hatte sich eine Schlange gebildet, in der die Leute auf erste Hilfe warteten. Soweit er das Ganze zusammenstückeln konnte, hatte ein als arabischer Gepäckträger gekleideter Mann einen Karren voll Melonen, in dem die Bombe versteckt war, den Weg hinaufgeschoben, hatte die Zündschnur angesteckt, den Karren auf die Straße gestoßen und war dann hinter das YMCA geflüchtet. Brand dachte, dass die Bombe wahrscheinlich für das Wachhäuschen bestimmt gewesen war – der Bus war ihm in die Quere gekommen. Keiner von ihnen erwähnte die Schießerei am Lieferanteneingang oder die Rauchgranate, und er fragte sich, ob das zur Ablenkung gedient hatte. Asher würde unzufrieden sein. Er hatte die ganze Mühe nicht für einen Bus aufgewendet.

Der Turm des YMCA verkündete die halbe Stunde, das heitere Glockenspiel seltsam fehl am Platze. Kurz darauf, wie um die Menschenmenge zu zerstreuen, kam die Entwarnung, ein einzelner langgezogener Heulton, der von allen Seiten dröhnend aufstieg, zu lange weiterging und schließlich erstarb. Auf den Balkonen verweilten Gruppen von Nachzüglern, noch nicht bereit, zu ihren Schreibtischen zurückzukehren. Auf der Straße lag der Bus wie ein torpediertes U-Boot in seinem Dieselschlick. Jemand hatte den Jeep in die Einfahrt des King David abgeschleppt, und im Vorbeigehen sah Brand, dass die Windschutzscheibe blutbespritzt war. Wenn der Wagen den ganzen Tag so in der brennenden Sonne stand, würde er entsetzlich stinken, wie er gegenüber dem Portier bemerkte. Innerhalb weniger Minuten kam ein rotbejackter Hoteldiener mit einem Eimer Seifenwasser und einer Scheuerbürste und machte sich mit einem Eifer an die Arbeit, den Brand bewunderte.

Als er im Peugeot die *Post* wieder nahm, sah er, dass er Blut am Handgelenk hatte, vermutlich von der zweiten Frau. Er leckte an seinem Daumen und wischte es weg, rieb es auf die Zeitung, wo es zwischen den Schlagzeilen einen Fleck hinterließ. Andächtig beobachtete er, wie die rostrote Farbe eindrang und sich an den Fasern des Zeitungspapiers entlang verzweigte – das Blut einer alten Frau, der er noch nie begegnet war. War das sein Werk?

Es war zu einfach, Asher die Schuld zu geben. Eva hatte recht. Er wollte, dass die Revolution – wie die Welt – unschuldig war, obwohl sie es nie gewesen war.

«Fort, verdammter Fleck, fort», sagte er, ein schwacher Witz, den er ihr später erzählen würde, und blätterte die Seite um. Der obere Teil blieb hängen, und er musste mit dem Handrücken daraufschlagen, um die Seite falten zu können. Auf dem Sims des Portikus schreckte eine Sperlingsschar auf und schoss davon, und als er den Falz mit den Fingern glattstrich, schlug direkt hinter ihm der gleiche Blitz ein, der den Bus umgekippt hatte, erschütterte den Wagen, und die Druckwelle ließ seine Fensterscheiben bersten und schleuderte sein Gesicht aufs Lenkrad.

Es war verbogen, und er blutete, der Geschmack stark und warm in seinem Mund. Die Zeitung war zerfetzt. Auf der Motorhaube das Wagens lag ein Sperling. Asher. Wie hatte er je an ihm zweifeln können?

Die Explosion hatte den Portier zu Boden geworfen. Er stand gerade auf und rieb sich das Kinn, als hätte ihm jemand einen unerwarteten Hieb versetzt. Die Einfahrt war mit Vögeln und Steinbrocken übersät, und es regnete immer noch Splitter, die in die Bäume prasselten. Irgendwo schrillte die Pfeife eines Polizisten. Brand bemühte sich, die Tür aufzubekommen, und schob sich nach draußen, hielt sich an der Karosserie fest, um aufzustehen, und spuckte Blut, und da sah er, wie die Fassade des Südflügels sich blähte und bebte, wie seine Haut platzte, und die Risse wie bei einem Damm, der zu bersten drohte, weiße Rauchwolken spien. Die Frauen auf den Balkonen schrien. Unglaublicherweise war die Dachlinie schräg. Reflexartig wich er einen Schritt zurück.

Die Bombe hatte ganze Arbeit geleistet. Ächzend bogen sich die Träger und barsten. Die Balkone neigten sich, kippten nach vorn und warfen die auf ihnen stehenden Frauen ab, die Fassade des Gebäudes wölbte sich und stürzte dröhnend zusammen, eine bebende Lawine, die für einen Augenblick wie bei einem Puppenhaus die Zimmer darunter zum Vorschein brachte, eine wogende Wolke aus Staub und Rauch, undurchdringlich wie ein Sandsturm, über den Portikus breitete, die Sonne auslöschte und Brand wie ein heißer, körniger Wind umfing.

Blind, die Arme ausgestreckt wie ein Schlafwandler, fand er den Bordstein, stolperte über den Weg und tastete nach der Tür. Der Portier hatte seinen Posten verlassen – nein, er war bloß im Gebäude in Deckung gegangen. Er öffnete die Tür einen Spaltbreit für Brand. Als er hindurchschlüpfte, rannte ihn ein herausstürmender Detective mit einer Pistole, gefolgt von zwei Poppys mit Maschinenpistolen, fast um. Zu spät, dachte Brand.

Das Foyer war dunkel und füllte sich mit verängstigten Gästen. Obwohl er keine Schäden sah, war der Strom ausgefallen, die Aufzüge tot. Er ging aufs Treppenhaus zu, wohlwissend, dass dort eine weitere Bombe sein konnte, und fragte sich, ob sie Bescheid gewusst hatte, ob es letzte Nacht darum gegangen war. *Ich liebe dich, Dummkopf.* Alle anderen kamen herunter, und er blieb dicht an der Wand, drängte sich an ihnen vorbei und ergriff das Geländer, um sich weiterzuschleppen. Er hatte keine Ahnung, in welchem Zimmer sie war, nur dass es einen Blick auf die Altstadt hatte. Hoffentlich war es im Nordflügel. Er würde oben anfangen und sich nach unten arbeiten, alles überprüfen, was nach hinten lag. Je höher er stieg, umso weniger Leute waren da. Er rannte die letzten Treppen hinauf, nahm zwei Stufen auf einmal. Als er im fünften Stock ankam, rang er nach Luft. Der Flur war dunkel vom Staub, und er musste niesen und sich von Tür zu Tür tasten.

Die meisten waren geschlossen, nur ein paar standen offen, die Sachen der Gäste der einzige Hinweis. Neben einem geborstenen Fenster stand unberührt ein Servierwagen mit einem Glas Rotwein, einem Salat und einem Teller voll Brot. Man hatte keinen Ansichtskartenblick auf die Zitadelle, es war nur brauner Dunst zu sehen wie in einem schmutzigen Goldfischglas. Weiter unten fand er eine Pfeife, die in einem Aschenbecher lag, ein Paar Lederpantoffeln und eine volle Flasche Gin. Er wusste nicht, was er außer ihr suchte, und machte immer weiter, klopfte und rief ihren Namen.

Der Nordflügel war leer. Noch voller Hoffnung arbeitete er sich im Hauptflur nach Süden vor. Als er sich den Aufzügen näherte, sah er einen Spiegel zertrümmert auf dem Teppich liegen. Eine messerspitze Scherbe zeigte sein Gesicht – gespenstisch weiß gepudert und von Schweiß durchzogen. Die Uhr an der Wand war stehengeblieben und zeigte 12.37 Uhr an. Der Staub senkte sich herab, und er konnte besser sehen. Am anderen Ende des Flurs leuchtete ein rauchiges Licht. Beim Näherschleichen stellte er fest, dass es die Sonne war.

Weiter vorn endete der Flur und ging in die Leere hinaus. Wie jemand, der auf einem Sims stand, drückte er sich an die Wand, wappnete sich und reckte den Hals, um in den Abgrund zu blicken. Von unsichtbaren Luftströmen angehoben, flatterte ein Schwarm Papiere durch den Dunst. Alles, was vom Südflügel noch übrig war, klaffte, als wäre es mit Granaten beschossen worden, das Räderwerk der Mandatsregierung den Elementen ausgesetzt wie ein auf den Felsen auseinandergebrochener Ozeandampfer, die Schreibtische, Aktenschränke und gerahmten Bilder seltsamerweise an ihrem Platz. Aus geplatzten Rohren strömte Wasser in die Leere, ein Gewirr von Drähten hing herab wie Schlingpflanzen. Eine Stehlampe baumelte kopfüber an ihrer Schnur wie ein Anker. Unten im Rauch brannten ein Dutzend Feuer im Schutt. Schon kletterten Rettungskräfte über die Trümmer. Er konnte sich nicht vorstellen, dass irgendwer überlebt hatte, und plötzlich hörte er, abgeschwächt von der Entfernung und dem Wind, die animalischen Schreie der Sterbenden, die glücklicherweise im nächsten Augenblick von der Luftschutzsirene übertönt wurden.

Asher hatte sie alle ausgetrickst. Brand dachte, dass er das Ganze als großen Sieg betrachten sollte – Eva würde es tun –, doch auf dem Rückweg zum Treppenhaus, sich wegen des Staubs Mund und Nase zuhaltend, verspürte er statt Triumph eine überwältigende Hilflosigkeit, die noch zunahm, als er entdeckte, dass die Tür zum Dach verschlossen war.

Es gab keinen anderen Zugang, und statt seine Zeit mit dem Versuch zu vergeuden, das Schloss mit dem Stutzen des Löschschlauches aufzubrechen, sah er im inzwischen unbelebten vierten Stock nach, wo er die gleiche stehengebliebene Uhr und den gleichen schwindelerregenden Blick auf die Trümmer vorfand. Ein Militär-Krankenwagen und ein Lautsprecherwagen waren eingetroffen. Die Polizei räumte die Straße. Die Explosion hatte den Bus so auf den Gehsteig geschleudert, dass er in die andere Richtung zeigte. Auf dem Eisenzaun des YMCA war eine Leiche aufgespießt, eine weitere klebte an der Fassade des Gebäudes. Brand schüttelte den Kopf, als könnte das nicht real sein, und ging weiter.

Inzwischen hatte er Gesellschaft, Soldaten und Hoteldetektive mit Generalschlüsseln, die alles durchsuchten. Er befürchtete, sie könnten ihn für einen Plünderer halten, doch dann fasste ihn einer an der Schulter und gab ihm einen Schluck aus seiner Feldflasche zu trinken. Er hatte sein Gesicht vergessen. Sie dachten, er wäre ein Überlebender.

Obwohl ein Flügel fehlte, war das King David zu groß. Es dauerte zu lange, und er war müde. Der Geruch von Kreide lag in der Luft, und von Zeit zu Zeit musste er stehenbleiben, um sich vorzubeugen und einen dunklen Schleimbatzen auszuhusten. Mit jedem Stockwerk wuchs seine Überzeugung, dass sie sich hinausgestohlen hatte, bevor die Bombe hochging, dass sie in dem Chaos an ihm vorbeigeschlüpft war. Sie würde im Foyer oder an seinem Wagen auf ihn warten, doch als er das Zwischengeschoss ausgelassen hatte, war sie nirgends zu sehen.

Sein Kofferraum war verbeult und mit einem grauen Film überzogen, der Rücksitz voller Glasscherben. Der Sperling war seltsamerweise verschwunden, wie auch die anderen Vögel. Vielleicht sind sie bloß verblüfft, dachte er, als könnte man an diesem Tag alles mit Logik erklären.

Der Portier kam herüber, als wäre er froh, ihn zu sehen. Er hatte sich das Gesicht gewaschen, doch sein Hals war staubverkrustet.

«Sir, tut mir leid, Sie müssen Ihren Wagen wegfahren.»

«Ich suche jemanden», sagte Brand.

«Tut mir sehr leid, Sir. Es herrscht Ausgangssperre. Sie müssen woanders parken.»

Brand dachte, er könnte zur Bekräftigung seines Einwands den Jeep anführen, doch der war nicht mehr da. Abgesehen von einem makellosen alten Rolls, der mit laufendem Motor am Eingang wartete, war die Einfahrt leer. Wer weiß, vielleicht hatten die Hoteldiener auch die Vögel weggezaubert.

Brand schlug seine Tür so fest zu, dass die Glasscherben

klirrten. Der Peugeot sprang an, als hätte ihm die Bombe nichts anhaben können. Das Lenkrad war unrund, der Bogen unter seiner linken Hand verkrümmt, und er passte gut auf, während er, über Steinbrocken knirschend, die Einfahrt hinunterrollte. Die Armee hatte die Straße mit Stacheldraht abgesperrt, und er musste warten, bis ihn ein Poppy passieren ließ, bevor er in die Abraham Lincoln Street biegen und den Wagen ruckend, mit dem Vorderreifen am Bordstein schrammend, in eine Parklücke fahren konnte.

Der Soldat, der ihn hinausgelassen hatte, weigerte sich, ihn wieder hineinzulassen.

«Meine Frau ist da drin», sagte Brand und zückte seine Papiere wie eine Eintrittskarte. Er hätte nicht gehen sollen. Er hätte im Zwischengeschoss nachsehen sollen. Er hätte das Dach, die Bar und den Garten absuchen und erst aufhören sollen, wenn sie ihn hinauswarfen.

«Warten Sie hier», sagte der Soldat und kehrte, nachdem mehrere Lastwagen voll Poppys die Sperre passiert hatten, mit einer Begleiterin zurück, die Brand, dem Bus ausweichend, um die Apotheke herum zum Seiteneingang des YMCA führte.

In einer Turnhalle voll jammernder Araber nahmen dieselben beflissenen Beamten, die auf dem Polizeirevier seine Personalien notiert hatten, seine Informationen entgegen. Es war möglich, dass sie in ihrer Wohnung auf ihn wartete, in diesem Fall sprach er das Urteil über sie beide. Er war versucht, eine falsche Adresse anzugeben, sagte aber letztlich die Wahrheit, aber jetzt war sie seine Verlobte. Er beschrieb ihre Narbe, das Kleid, das sie trug, und ihren Anhänger und machte sich Vorwürfe, weil er sich nicht an ihre Schuhe erinnerte. Der Beamte gab ihm eine Karte und forderte ihn auf, Platz zu nehmen. Sie begännen gerade erst mit der Identifikation.

«Ich würde gern beim Ausgraben helfen», sagte Brand.

«Ich bin mir sicher, dass wir genügend qualifizierte Helfer haben», sagte der Mann.

«Kann ich wenigstens zusehen?»

Er müsse warten. Das Gebiet werde noch von der Polizei durchsucht. Er könne sich waschen, bot der Mann an. Unten in der Kantine gebe es etwas zu essen.

Brand wollte nichts zu essen, konnte aber nicht stillsitzen und benutzte es als Vorwand. Er hatte vor, die Treppe hinaufzugehen und ein Fenster zu suchen, doch im Flur standen Wachen. Eine andere Begleiterin fragte, ob er auf die Toilette müsse, als wäre das sein Problem, und statt sich mit ihr zu streiten, sagte er Ja. Im Spiegel war sein Geist zu sehen, Haare und Kleidung staubgrau. Er beugte den Kopf herab, befeuchtete seinen Hals mit Wasser und schrubbte mit beiden Händen. Der Knoten an seiner Stirn trug den gewölbten Abdruck des Lenkrads, eine rote Beule. Beim Blick in seine Augen begriff er, dass es Zeitvergeudung war dazubleiben. Er überlegte, ob er gehen und direkt zu Eva fahren sollte, beschloss aber als Kompromiss, Mrs. Sokolov anzurufen.

Das ließ sich einrichten, doch wie bei jeder Obliegenheit der Mandatsregierung musste er in der Schlange warten. Schließlich führte ihn die Begleiterin im Flur in ein Büro, das auf einen Fußballplatz ging, und schloss diskret die Tür. Auf dem Schreibtisch stand mitten auf der Schreibunterlage eine Schachtel Papiertücher. Er wählte bedächtig, sammelte sich und hoffte geradezu, dass niemand rangehen würde.

Mrs. Sokolov meldete sich mit schneidender Stimme, als hätte er die falsche Nummer gewählt.

«Ist Eva da?»

«Ich dachte, sie wäre bei Ihnen.»

«War sie ja auch.»

«Tut mir leid, Jossi. Wo sind Sie?»

Er sagte, er werde sich bei ihr melden, wenn er irgendwas erfahre. Sie sagte, sie werde dasselbe tun.

«Lang lebe Eretz Israel», sagte sie.

«Ja», sagte er bloß, obwohl er allein war.

Er kehrte in die Turnhalle zurück, die jetzt noch voller war. Die Identifikationen hatten begonnen, und Rot-Kreuz-Schwestern führten eng zusammengedrängte Familien am Rand des Basketballfeldes entlang zu einer Flügeltür am anderen Ende des Raums. Während die Minuten verstrichen, rechnete er weiter damit, aufgerufen zu werden oder die Nachricht zu erhalten, dass sie in Sicherheit war. Inzwischen konnte sie bei Asher in Nablus sein und ihren großen Erfolg feiern. Brand wusste, dass das absurd war, und kopfschüttelnd unterbrach er den Gedanken.

Erst um halb vier ließen sie die Angehörigen nach draußen. Die Leichen waren verschwunden und hatten Blutflecke auf dem Asphalt hinterlassen. Der Bus lag noch da, das Dach voller Löcher, als wäre es von Granatsplittern getroffen worden. Sie durften die Straße nicht überqueren. Vom Gehsteig aus, wo sie hinter einem Absperrseil standen, beobachteten sie, wie die Soldaten den qualmenden Schutt mit Hacken und Pressluftbohrern aufbrachen. Männer mit Masken schnitten mit zischenden Schweißbrennern Balken durch, und es roch nach Ozon und geschmolzenem Stahl. Ab und zu ertönte eine Pfeife, und die Bohrerei hörte auf, damit die Rettungskräfte sich um ein Loch versammeln und horchen konnten. Wenn sie jemanden hörten, ließen sie ihre Schaufeln fallen, gruben mit bloßen Händen und warfen im Gedränge Steine über die Schultern, bis sie die Person ausgegraben hatten, die auf einer Trage zu einem wartenden Krankenwagen geschleppt wurde. Brand sah nur zwei Leute, die gerettet wurden, beides Männer.

Die Toten verhüllten sie mit Decken. Wegen ihrer Sorgfalt, die Gesichter der Opfer zu verbergen, schauten die Füße hervor. Die meisten waren Frauen. Ihre Schuhe kamen Brand alle vertraut vor, die verschlissenen Sohlen und Absätze und eleganten Riemen. Im Krähenwald hatten alle ihre Schuhe ausziehen müssen, damit sie nicht flüchten konnten. Hier ist es anders, dachte er, und obwohl er nicht glauben wollte, dass es Evas Entscheidung war, fühlte er sich betrogen. Der verlassene Brand. Er hasste sie, weil sie gesagt hatte, sie liebe ihn.

Als der Tag zu Ende ging und die Dämmerung hereinbrach, brachte die Armee Bogenlampen, zwei knarrende Löffelbagger und einen Generator, der die Luft erzittern ließ. Ein schwerer Abschleppwagen richtete den Bus auf und nahm ihn mit. Der Glockenturm schlug die Stunden und rief ihnen ins Gedächtnis, wie lange es schon her war. Manche der Familien gingen, da sie Nachrichten von Angehörigen erhielten, doch die meisten blieben und warteten die ganze Nacht lang mit Brand, wobei sich die wehklagenden Frauen parfümierte Taschentücher vor die Nase hielten. Die Hitze des Tages verging, Fledermäuse flatterten in Kreisbahnen hoch über dem Gelände, und während er beobachtete, wie die Rettungskräfte mit ihren Stirnlampen und Taschenlampen über die Trümmer kletterten, dachte er an Katja und die sternenlose Finsternis im Rübenkeller seiner Großmutter und fragte sich, ob Eva Angst gehabt hatte.

Drei Tage lang wartete er, aß seine Mahlzeiten in der Kantine, während das Königliche Pionierkorps rund um die Uhr mit Planierraupen und Kränen grub, obwohl man inzwischen nur noch Leichen fand. Er wollte den Beweis haben – ihr Anhänger oder ein Fetzen ihres Kleides, ihre Handtasche mit ihrem Lippenstift und ihren Papieren. Sie fanden keine Spur von ihr, und am Abend vor dem Sabbat gab Brand bei Sonnenuntergang seine Wache auf, als wäre es gottlos.

Die Stimme des kämpfenden Zion gab den augenblicklichen Stand durch: fünfzehn Juden und sechsundzwanzig Briten. Die Mandatsregierung sprach noch von einundvierzig Arabern, zwei Armeniern und einem Griechen, die Vermissten nicht inbegriffen. Die offizielle Reaktion war ein Tanz der Propaganda. Die Jüdische Vertretung verurteilte die Irgun als Terrorgruppe. Begin warf den Briten vor, dass sie nicht auf ihre Warnung gehört hätten, das Hotel evakuieren zu lassen. Die Briten behaupteten, sie hätten keine Warnung erhalten. Für Brand spielte es keine Rolle. Er hatte die Nase voll vom Krieg.

Am nächsten Morgen war die ganze Jaffa Road mit Evas Namen bepflastert, zusammen mit einem gewissen Avidor, von dem er noch nie gehört hatte, und er empfand es als Betrug. Das hätte er sein sollen, so wie er im Krähenwald bei Katja hätte sein sollen, die beiden sogar im Tod untrennbar.

Am Nachmittag suchte er ein letztes Mal Evas Wohnung auf, lieh sich den Schlüssel von Mrs. Sokolov. Als er die Treppe hinaufstieg, knarrten die Stufen unter seinen Füßen. Alles war unberührt. Auf ihrem kleinen Tisch befanden sich die Cognacflasche, das Grammophon und die Schallplatten, die er ihr gekauft hatte, im Spülbecken standen die Gläser aus jener Nacht. Er verspürte den Drang, die Wohnung aufzuräumen oder etwas mitzunehmen – den Cognac oder ihr Kissen, das nach ihrem Parfüm duftete. Doch er schloss bloß die Tür hinter sich ab und ging durch die Gassen zurück.

Er erwartete, dass Asher sich bei ihm melden, dass er alles erklären würde. Ein Anruf, eine kodierte Nachricht, in der ein Treffen vereinbart wurde. Er wollte bloß reden. Nachdem er mehrere Tage gewartet hatte, um sicherzugehen, dass ihn niemand verfolgte, lud er seine Pistole und fuhr auf der Nablus Road zu dem geheimen Unterschlupf. Das Eisentor war zugekettet, die Fenster dunkel, als würde dort niemand wohnen. Es war eine Art Feigheit, die er nie verstehen würde, auch wenn er sich ihrer selbst schuldig machte. Wie konnte man töten und sich immer noch gerecht nennen? Wie lebte man, wenn man die Menschen, die man liebte, sterben ließ? So händeringend er alles vergessen wollte, umso inniger musste er sich erinnern. Katja und Eva, seine Eltern und Giggi, Lipschitz und Koppelman. Er war ihnen etwas schuldig und gelobte, von jetzt an so ehrlich wie möglich zu leben.

In der Wüste entledigte er sich der Waffe, warf die Patronen wie Steine in den Wind. Nicht länger Soldat oder Häftling, war er jetzt frei. In seiner Zigarrenschachtel hatte er mehr als dreihundert Pfund. In jener Nacht ließ er, während die ganze Stadt schlief, für Mrs. Ohanesian einen Umschlag zurück und machte sich auf den Weg zur Küste, parkte den Wagen am Hafen und verließ das Land auf einem Frachter, der nach Marseille fuhr. Er hieß Brand und konnte alles reparieren.

DANKSAGUNG

Der Konflikt, der diesen Roman in Gang setzt und den Rahmen für seine Handlung bildet –, das Gesetz, das Brand zum Illegalen macht – ist die jüdische Immigration in Palästina. Bei der Veröffentlichung des Weißbuchs von 1939 prangerten Zionisten überall auf der Welt die neuen britischen Kontingente (insgesamt 75 000 Juden in den nächsten fünf Jahren) als zu niedrig an. Während die systematische Judenverfolgung der Nazis sich zu einem regelrechten Völkermord ausweitete, war die fehlende Möglichkeit, sich ein Visum für Palästina zu beschaffen, für viele europäische Juden ihr Todesurteil, doch die Briten ließen sich nicht umstimmen. Die näheren Umstände der britischen Seeblockade Palästinas (sowie der Weigerung der Vereinigten Staaten, im Krieg eine große Anzahl von europäischen Juden oder später von Überlebenden aufzunehmen) und die Triumphe und Tragödien der Alija-Bet-Schiffe, die die Blockade durchbrachen, sind in vielen zeitgenössischen und neueren Romanen und Geschichtsbüchern, darunter in Leon Uris' berühmtem *Exodus* und Tom Segevs hervorragendem *Es war einmal ein Palästina*, gut dokumentiert.

Bei der Recherche zu der kurzen Phase gemeinsamer Untergrundoperationen von Hagana, Irgun und Stern-Bande gegen die britische Mandatsregierung bin ich Dutzenden von Büchern zu Dank verpflichtet, darunter insbesondere Menachem Begins *The Revolt*, Daniel Spicehandlers *Let My Right Hand Wither*, Zipporah Poraths *Letters from Jerusalem*, J. Bowyer Bells *Terror Out of Zion*, Larry Collins' und Dominique LaPierres *O Jerusalem!*, Arthur Koestlers *Diebe in der Nacht*, J. C. Hurewitz' *The Struggle for Palestine*, R. Dare Wilsons *Cordon and Search: With the Sixth Airborne Division in Palestine*, Eric Clines *Jerusalem Besieged*, Nicholas Bethells *Das Palästina-Dreieck* und Samuel Katz' *Tage des Feuers*.

Einen detaillierteren Bericht über das Bombenattentat auf das King David Hotel und dessen unmittelbare menschliche und langfristige politische Auswirkungen kann der Leser in *By Blood and Fire* von Thurston Clarke finden.

Für ihr reiches Œuvre, besonders ihre Schriften, die das Jerusalem jener Zeit betreffen, möchte ich S. Y. Agon, Yehuda Amichai, Aharon Appelfeld, Amos Oz und A. B. Yehoshua danken.

Aufrichtigster Dank gebührt meinen frühen Lesern: Tom Bernardo, Paul Cody, Lamar Herrin, Stephen King, Michael Koryta, Dennis Lehane, Trudy O'Nan, Lowry Pei, Mason Radkoff, Susan Straight, Luis und Cindy Urrea und Sung J. Woo. Mein besonderer Dank gilt Diana Scheide für alte Bilder von Jerusalem und Debby Waldman für ihre Hilfe bei den letzten Arbeiten am Manuskript. Und, wie immer, herzlichen Dank an David Gernert und Paul Slovak.

Weitere Titel

Abschied von Chautauqua

Alle, alle lieben dich

Das Glück der anderen

Der Zirkusbrand

Die Chance

Die Speed Queen

Ein Gesicht in der Menge

Eine gute Ehefrau

Emily, allein

Engel im Schnee

Ganz alltägliche Leute

Halloween

Henry persönlich

Monster

Sommer der Züge

Stadt der Geheimnisse

Westlich des Sunset

Stewart O'Nan
Westlich des Sunset

Hollywood, 1937: Als der amerikanische Schriftsteller Francis Scott Fitzgerald mit einundvierzig als Drehbuchschreiber nach Hollywood gerufen wird, scheint seine Alkoholsucht unbezähmbar, seine Frau Zelda lebt in einer psychiatrischen Klinik, das Verhältnis zu seiner Tochter ist schwierig. In der Traumfabrik Hollywood sieht Fitzgerald die Chance eines Neuanfangs. Er zieht in die Villenanlage «Garden of Allah», wo sich abends eine muntere Schar am Pool trifft: Humphrey Bogart, Joan Crawford, Gloria Swanson und viele andere. Fitzgerald wohnt dem Getümmel als zweifelnder Beobachter bei, bis er sich in die Klatschreporterin Sheilah Graham verliebt.

Ein fesselnder Roman über die Traumfabrik Hollywood und die letzten drei Lebensjahre des berühmten amerikanischen Schriftstellers.

416 Seiten